終章

石川啄木

井上信興

溪水社

目次

終章　石川啄木

「はしがき」にかえて　「論考解説」

前著「薄命の歌人」で、最初に解説を述べたが、読者から本論を読む前に意図が解りやすくていい、といった好評を頂いたので、この本でもその形式を採用させていた頂くことにした。

一、「啄木を支えた人々」

啄木の人生で、彼を支援した人物は多いが、中でも双璧は金田一京助と宮崎郁雨であろう。この両者でどちらを上位に置くかという点では異論もあるとは思うが、私は金田一を上位に据えたい。理由は、郁雨の場合、大金を援助しているが、この金の出所は彼の実家が裕福だったからで、郁雨が働いて得た金ではない。一方金田一は、当時中学の教師として月給三十五円を得ていたが、その中から下宿料の十五円を支払えば、後に二十円残るが、収入のない啄木を同居させて下宿代を負担すれば後にはただの五円しか残らないのである。こうした犠牲を払ってまで啄木を支援した人物は金田一の他にはないと思うからである。このような支援は誰にでも出来ることではない。あと、それぞれの時期に重要だと思う支援者数人について述べた。

二、「啄木と大森浜と砂丘」

大森浜と砂丘についてはこれまで機会あるごとに述べてきたが、啄木が最も高い高大森の砂丘まで行ったかどうかについて証明出来る資料はない。わずかに、郁雨が、「啄木と岩崎白鯨は、浜薔薇の咲く頃に行っただろう」という可能性は述べているが、断定は出来ない。私は岩崎の文章と啄木の歌から一度は行ったことがあることを証明出来ると考える。

三、「東海歌に関する疑問の三論」

この三論は内田ミサホ、米地文夫、近藤典彦、三氏の「東海の歌」についての解釈はそれぞれ違った発想によるものだが、作歌時の作者の思いとはかなりのへだたりがあるように感じたので、その点について私見を述べた。

四、「啄木の筆跡について」
この問題は「悲しき玩具」直筆ノートで、十七首ほどが従来の啄木の筆跡と少々異なることから、はたして啄木の直筆かどうかを争っているが、直筆派と異筆派がそれぞれ自説を述べてまだ決着がついていない。私の結論は異筆である。

五、「古木巖宛の葉書の真偽」
この件も前者同様に啄木の筆跡に関する問題である。啄木という明確な署名のないことから疑問がでた。筆跡も少々ことなるが、葉書の文面に十和田湖について書かれていることから、啄木が十和田湖へ行った証拠とする論者もあり、その点で真筆か否かが重要であるが、私は独自の観点から啄木の十和田湖行きに否定的であり、筆跡も異筆だと結論した。

六、「文学碑雑感」
私は啄木に限らず、歌碑を建立する場合、個人が私的な場所に建てるのならば、好きな歌を選べばいいと思うが、公的な場所に建立する場合はその土地と何らかの関係がある歌でなければ建てる意味がないと思っている。岩手県や北海道などは、啄木が暮らした土地だけに多くの秀歌を残しているから、選歌に苦労することもないので、それぞれその土地に適切な歌が歌碑に刻まれているように思うが、他県には適切でない碑もあるのである。この稿では有名な歌碑についての感想を述べた。

七、「晩節問題と覚書について」

節子と郁雨に関わる「晩節問題」では、丸谷喜市氏の「覚書」を信用する研究者もあるが、そのまま信用すれば判断を誤ることになろう。この「覚書」なるものは大体光子側に立った証言になっている。しかし丸谷氏の真意は本来郁雨側にあったのであるが、光子によって郁雨側を離れ、心ならずも虚偽の証言をしたものと私は考えている。したがって氏の苦悩を察すれば、気の毒にさえ思うのである。

八、「梅川操と釧路新聞」

この論考の冒頭に一言苦言を述べた。それは、手紙の返事や書籍の受領通知についてであるが、当然のエチケットを守らない人もいるからで、本来こうしたことは言いたくはないのたが、これは私ばかりの問題ではない。多くの人にも共通の問題だと思うので、あえて述べることにした。本論は小林芳弘氏の論文で、疑問のある二点について反論したものである。

九、「西脇巽著・石川啄木東海歌の謎」

この著のタイトルが「東海歌」となっているだけに、この歌に格別の関心を抱く私は、その内容にかなりの興味と期待をもって読ませてもらったのであるが、正直に言って失望したのである。これまで出た説を色々と取り込んで述べているだけで一貫性に欠けているというのが読後感であった。

十、「西脇巽著・啄木と郁雨友情は不滅」

この著書にも私の著書からの引用が多く、かなりの疑問点があるので、そのつど私見を加えたが、その中で「砂山」についての記述があり、氏が函館に在住していた頃にはすでに砂山は大部分が消失していたために、砂山の全体像を見ていないことから、記述に問題が出てくるように思った。

十一、「生活者としての啄木」

どのような人でも長所もあれば欠点のあるのも事実であろう。ならば、その人物の全体像を捉えようとすれば、どうしても短所の部分に言及する必要があると私は考えるのである。しかしこの欠点に触れるということは決して楽しい仕事ではない。したがって、そうした部分はなるべく避けるといった態度の論者を目にすることが多い。心情からすれば当然のことであろう。啄木の場合も例外ではない。私があえてこの作業にとりついたのは、前記したように啄木の全体像を明らかにしたい、という必要からで、それ以外に他意はない。

以上

啄木を支えた人々

啄木の生涯で彼を支えたと思う人物はかなりある。それは生活面（経済的）でも文学面でもあった。啄木はその生涯で、経済的破綻を招く事態はしばしばあったが、そのつど支援者によって救済されて来たのである。生活者としては、千五百円もの借金を作りながら、返済しようという意志も努力もなかった劣悪な啄木であったと思うが、そうした彼であったにもかかわらず、その周囲には常に支援する人物がいたのは彼にとって幸運だったというほかはない。もしこうした善意の人達がいなかったとすれば、啄木の人生はかなり違った経過を辿ったであろうことは間違いない。私は多分早い時期に破滅していたと考えるのである。啄木の生涯を通して彼を支えた重要な人物は七人ほどあった。以下、その時どきにおける支援者について述べてみたいと思う。

一、金田一京助

明治十五年盛岡に生まれる。盛岡中学から第二高等学校（旧制）をへて東京帝国大学文学部を卒業し、アイヌ語の研究に生涯を捧げた言語学者であることはよく知られている。後にその功績によって文化勲章を授与された。さて、啄木にとってその生涯で、最高の支援者を一人挙げるとすれば、やはり金田一京助（花明）であろう。彼は文学面でも生活面でも、またその期間も、中学時代から東京時代を通じて長期に渡っている。

啄木と金田一が最初の接触を持ったのは、盛岡高等小学校時代であった。その時の情景については、金田一が興味ぶかい文章を残している。彼が四年生の時、啄木は新入生だった。新学期の初日のことである。校門の少し手前で、同級の三人と一緒に一人の子供がついてきていた。「見たところでは六つ七つの子供と見違えそうな、如何にも子供らしい、小さな可愛らしい子供だった。私は心の中で、どこかの尋常校へでも上る子供が、途中まで連れて来て貰っているところだろうと考えた。しかし、そんな風もなく、校門を入ろうとするから、私は小さな声で阿部君へ聞いて見た。『この子は高等小学校なの』心で『まさか』と思いながら。『うん、この人は幼稚園へ上がるのを間違つて此処へ来たの』、私は『道理で』と思つたが、その子は、首と体を一緒に振って、いやいやをして、阿部君へすねてむずかつていた。腕を引つ張つたり、胸へ飛び付いて顔を打つたりした。『おやおや赤ん坊のような子だが、馬鹿に出来ない手強い子だな』と少し興ざめたのが私のその時の正直な印象であった。」金田一にはかなり幼く見えたようである。しかし彼等が親密な関係を持つのは盛岡中学に入ってからのことで、金田一には最初の印象が残っていたとみえ、啄木が「明星」を借りにきた時にも、「わかるのかしら、この人に、」と、述べている。その時、半日ばかり啄木と短歌について話をかわしたが、「ははあ、未だ解からないな、と思つたりしたものであった。とにかくその頃は、まだ私の方が話をぐんぐん引張つていたようだつた。それが僅か数年後には、すっかりあべこべになつてしまった。」（金田一京助著「定本・石川啄木」）

金田一は「明星」を貸してやったり、短歌についての話をしてやったりしてもいるから、歌については最初の指導者的立場にいたことがわかる。しかし、彼等が親密の度を深めるのは、啄木が北海道流浪を終え、最後の上京をしてからのことである。宮崎郁雨の厚意にすがって、家族を彼に託し、啄木が函館を海路三河丸で発ったのは明治四十一年四月二十四日のことであった。「今度の上京は、小生の文学的運命を極度まで試験する決心に候。」（向井永太郎宛書簡）という固い決意による上京であったが、彼が考えているほど世間は甘くはなかった。上京にさいして、与謝野鉄幹宅に来るようにとの連絡を受けていたので当分世話になったが、何時までも厄介になるわけにもゆかず、数日後に金田一を訪問した。「啄木は『荷物も何もないので、下宿屋も安心しておいてくれまいから、あなたのところへおいてくれませんか』と言い、私が『いいともいいとも』といって、啄木と私の同宿時代がはじまった」（金田一京助著「人間の記録」）

それはいいのだが、啄木に収入が全く無いことを承知で金田一は彼との同宿を承知したのである。当時金田一はアイヌ研究のかたわら、生活のために海城中学に勤務し、三十五円の報酬を得ていた。下宿料が十五円であったから、二十円は手元に残るのであまり不自由を感じなかっただろう。しかし、啄木の面倒まで見るとなれば、下宿料は倍加することになるから、手元には五円しか残らないことになる。下宿に後で埋めるから、この月は二十五円にしてほしいと交渉したが、下宿は容認しなかった。金田一はこれまで下宿に迷惑をかけたこともなかったし、当然承知してくれるものと思っていたが承知しなかったことに立腹し、下宿を出ることに決め、古書店を呼んでこれまで親しんできた文学書を全部売り払ったのである。荷車二台分もあったようだが、三十円にしかならなかったという。その中には愛着をもっていた本も数多くあったに違いない。その時啄木はなにをしていたかと言うと、鷗外の観潮楼歌会に行っていたのである。翌日彼が金田一の部屋に来て、本棚がからっぽになっているのを見て、「やあ？　私のためにどうも」といったとあるが、後に啄木日記に「死んだら守る」と書かれているのを読み、「啄木でなければ言えない言葉、腹の底から出たお礼の言葉、私はそれを理解しないですまなかったなあ、という気がしたことです。」（同前）と後に述べる金田一であるが、啄木のために多大の犠牲を払いながら、愚痴の一つも言うでもなく、「もうお互いの生活から離れられない存在になつていた。いはば、石川君の不幸が私の不幸であり、私の幸せが石川君の幸せといふ風で、全然一つものの各半分づつのやうになつていた。」（金田一京助著「定本・石川啄木」）

金田一の善意というのは、私のような凡人にはとうてい理解し難いものである。幸い近くに蓋平館別荘という高等下宿がみつかって、啄木を伴い移転していった。前の下宿赤心館での啄木との同居生活五ヵ月の下宿料と生活費は全て金田一が負担したということである。だが啄木とてその間、小説の執筆に努力はしていた。しかし、六篇ほど書き上げたもののすべては金にならなかったのである。だが、蓋平館別荘に移転してから執筆した「鳥影」が、栗原古城（新詩社同人）の世話で彼が勤務する「東京毎日新聞」に連載が決定し、三十円の収入を得た。これで初めて自分の金で下宿料を支払うことが出来たのである。しかし、支払ったといっても、せいぜい二か月分だっただろう。後は負債として累積し、最終的には百余円にもなったのである。啄木もこの時点で、小説で生計を維持することの困難さを実感したのであろう、何処かへ就職することを決意し、だめでもともと、といったつもりで、同郷出身の佐藤北江が編集長をしている「東京朝日新聞社」へ履歴書を送ってみた。数日して出頭するようにとの通知があり、佐藤との簡単な面接を受けた結果校正係として採用が決定し、月給は二十五円支給されるという。これで当分生活の心配は無くなった。啄木は無論のこと、金田一も安堵したことであろう。

函館で待機していた母カツと妻子は「朝日新聞社」への入社通知を受けて、これで東京に呼んでもらえると思ったに違いないが、啄木からはなかなかその知らせはこなかった。三ヶ月過ぎてはさすがの母もしびれを切らし、勝手に上京することを決めて啄木にそのむね通知したのである。家族の上京にあわてた彼は、本郷弓町で床屋をいとなむ新井こう方の二階二間を借りることにした。家族と再会したのは一年と二カ月ぶりであった。これで一方ならぬ世話になった金田一とも別れる日が来たのである。啄木はこの年四月七日から有名な「ローマ字日記」を書いているが、この日記は日記という通常の概念からすると、かなり逸脱した部分が多いことから、私はむしろ、日記体による自然主義的私小説を意図したものであろう、という見解を持っているが、それはそれとして、この記述の中で金田一に触れているので、その部分を引いてみたい。「一方金田一君は嫉妬ぶかい。弱い人のことはまた争われない。人の性格に二面あるのは疑うべからざる事実だ。友は一面にまことにおとなしい。人の好い、やさしい、思いやりの深い男だと共に、一面、嫉妬ぶかい、弱い小さなうぬぼれのある、めめしい男だ。」前半の部分は別にして後半の記述には明らかに啄木の腹の底が読み取れる。「死んだらあなたを守る」とか「私がもし女だったら、きっと貴方を恋しただろう。」といった記述もあったが、それは表の顔で、後半の記述は裏の顔なのだ。啄木の東京生活は殆ど金田一の援助によって一年二ヶ月を無事にすごすことが出来たのであって、もし彼の支援がなかったならば、啄木の東京生活は早々に破綻していたのは確実であったと思う。そうした彼にとっての恩人に対して、あのような記述をしていいものかどうか、はなはだ疑問だと思う。

二、宮崎大四郎（郁雨）

啄木の支援者として前記の金田一と双璧をなすのがこの宮崎郁雨であろう。郁雨は、明治十八年四月五日、新潟県北蒲原郡荒川村の旧家に生まれたが、祖父の代に次第に傾き、父竹四郎の代で遂に没落した。竹四郎は再起をはかるべく明治二十年単身函館に渡った。郁雨ら家族が函館に移住したのは二年後の明治二十二年であった。郁雨が小学生の頃に味噌の製造販売業に着手し、これが成功して財を成したのである。彼は函館商業学校を卒業後、旭川師団の野砲第七連隊に志願兵として入隊し、除隊以後は家業に専念するでもなく、きままに日を過ごしていた。そうした頃、ふるさとを追われた啄木が函館に到着したのが明治四十年五月五日であった。函館の同人誌「苜蓿社《ぼくしゅくしゃ》」の発行する「紅苜蓿《べにうまごやし》」に詩の原稿を送ったことがあったというただそれだけの縁を頼りに函館行きを打診した結果、函館の同人たちは直ちに賛成の意を伝えたことで啄木の函館移住が決定したのである。当時啄木には移住する適当な場所は全くなかった。私は、もし彼が他の場所を選択していたとしたら、啄木の人生はかなり違った経過をたどったと思う。

北海道を選んだことによってもたらされた利益は多大であった。例えば、歌集「一握の砂」のうち、東海の歌を筆頭に、多くの魅力ある秀歌を得た。特に橘智恵子や、小奴を歌った三十余首はこの歌集に彩りを添えていることは見逃せない。また、大森浜を歌った巻頭の十首などは特に人々に親しまれている歌群であり、すべてが北海道に移住したことによって獲得できたものであることを考えれば、この歌集が成功した一因は此処への移住にあったと断定していいと思う。また、もう一点の幸運を挙げなければならないのは、宮崎郁雨との親交を得たことであろう。郁雨の啄木に対する生活面での援助というのは尋常のものではなかった。前記した金田一同様にもし郁雨の支援がなかったとしたら、啄木は重大な危機を招いたと思われる事態は再三あった。そのつど郁雨は援助してきたのである。

啄木は函館に着くと、当分の宿舎として同人の松岡蕗堂の下宿へ同居させてもらった。郁雨が当初啄木に対してどのような感想をもっていたかについては、次の記述によって明らかである。「私の眼に映った最初の啄木は文学の騎士であり、輝かしい恋の勝利者でした。私は同人達と共に彼の天資と深い造詣とを尊敬し彼の恋愛を賛美し、彼ら夫妻の多幸を祝福し羨望しました。」（啄木と私）啄木は当時、天才少年詩人として「明星」

誌上で赫赫たる名声があったから、地方の文学青年が羨望のまなざしで彼をみていたことは理解できる。従って啄木のために、役に立ちたいという気持ちは同人のあいだに共通した感情であっただろう。同人吉野白村の世話で弥生尋常高等小学校の代用教員として就職することが出来、なんとか生活のめどもついたことから、盛岡の実家に置き去りにしている妻子に来函するように連絡した。節子が娘京子をともなって来函したのは七月七日であった。二ヶ月ぶりに家族を纏めることが出来た。家は郁雨が用意し、何一つ持たない啄木一家のために、同人たちは、家財道具を持ち寄って住まわせたのである。

ほとんど所持金の無くなっていた啄木は無事に引越しのすんだお礼のハガキを郁雨に出した。「昨日のお礼申し上げ候。お陰にて人間の住む家らしくなり候。（中略）懐中の淋しきは心も淋しくなる所以に御座候。申上かね候へど、実は妻も可愛相だし、○少し当分お貸し下され度奉懇願候、少しにてよろしく御座候」と、遠慮勝に書いているが、これが生涯続いた郁雨への借金の最初である。彼がなぜ郁雨に借金を申し込んだかといえば、同人の中で郁雨だけが裕福な商家の子息であることがわかったからであろう。他の同人たちは皆そう余裕のある生活者ではなかった。郁雨がその時どれほどの額を援助したかは明らかではないが、おそらく五円か十円であっただろう。郁雨の経済的支援は啄木から請求のあった時ばかりではない。常々気をくばっていたのである。例えば、「或る日、一体食う米があるのかと聞いて見た。彼はあの底光りのする眼球を一寸の間うろつかせたが、節子さんを顧みて『あるか』と聞いた。節子さんは顔を赤くして『ごあんせん』と答える。彼は流石にてれくさい表情で『ないそうだ』と私に言った。私は帰り際に節子さんにそっと金を渡した。」（函館の砂）これなどはその一例にすぎないが、実弟宮崎顧平によれば、「私の実家では父竹四郎存命の時代には、函館の大森町に乞食部落があり、その乞食が毎日市内に物乞に出るのであるが、夕方部落に帰る途中必ず、数名の乞食が代わる代わる私の実家に立ち寄るのである。父はその乞食に飯を食わせ、寒い時は炉辺に焚火をして体を温めてやった。」また次のようにも述べている。「自分の幸福は他にも与えよ、というのが宮崎家の家憲であった。」「だから長兄が啄木一家の困窮を救うために、物心両面に亘り友情を尽くしたことは当然のことである。」（「思いのままに生きた啄木」啄木研究第三巻）こうした郁雨の支援を「無類のお人よし」だという論者もあるが、ただのお人よしとは次元が違うと私は思う。

啄木と親しくなった郁雨であるが、その年七月末に教育召集で旭川の師団に去った。その一ヶ月後に発生した大火で啄木もまた函館を追われ、札幌への脱出をよぎなくされたのである。札幌では小国露堂の世話で「北門新報」の校正係として入社したものの、小樽に「小樽日報」という新聞が新設されるとの情報が露堂からもたらされ、小樽へ移転した。郁雨は大火の様子や、同人たちのその後の消息も気になっていたのであろう、演習の合間に小樽の啄木を訪ねて来た。その日の啄木日記を引くと、「夜、社（注・小樽日報）にあり、妻迎えに来て帰れば、思ひがけざりき、宮崎君来てあり、再逢の喜び言葉に尽く、ビールを飲みて共に眠る。我が兄弟よ、と予は呼びぬ。誠に幸福なる一夜なりき。」（十月十二日）とあり、ここには郁雨への信頼の深さが読み取れる。啄木と歓談した郁雨も満ち足りたであろう、翌日には隊へ帰っていった。啄木の生活状況をみて帰った郁雨は、間借りの生活では不便たろうと考え、翌月除隊しての帰途再び小樽に立ち寄り、節子夫人を伴って借家探しに奔走した。幸い近くに八畳二間の適当な家が見付かった。郁雨の知人から手付金を借りて啄木一家のために家を用意してやった。だが啄木にとっては有難迷惑だったのである。啄木は「十一月六日花園町畑十四番地に八畳二間の一家を借りて移る。」とだけ日記に書いているが、郁雨は後に啄木の日記を読み、わざわざ小樽に下車して、彼ら一家のためにと思ってした厚意に対して、日記には移転した、としか書かれていない記事を見て、いささか不満を覚えたようである。郁雨にしてみれば当然感謝の気持ちが述べられているだろう、といった期待をしたのだろうが、啄木にも事情があった。それは函館の友人岩崎白鯨に宛てた書簡によれば、「兎角金の事には天佑なき小生也。社の方も数日前一家を借りて移転した際畳建具を買ひし其他のため前借の道ふさがり、苦心中、」とある。つまり啄木は生涯、毎月前借の生活をしてきたから、その金を思わぬ家財道具に使ったため、もう前借が出来ずに困ったということなのである。郁雨としては善意の厚意であったとしても、必ずしも相手にとって感謝されるとは限らない、ということを後で知ったのである。

啄木の小樽での生活もついに終止符を打つ時がきた。彼の勝手な行動に対して小林事務長と衝突したのである。このトラブルによって啄木は後先の考えもなく即日「小樽日報」を退社していった。その頃すでに師走も迫っていた。年末の支払いに窮した彼は金策に奔走したが徒労に終わった。やむを得ず妻の着物など数点を質に入れ、いくばくかの金を用意して年末をしのいだ。職を失って収入の道を絶たれた啄木が動いた形跡はないが、沢田編集長は啄木一家のために、白石社長が経営するもう一社の「釧路新聞」へ入社を交渉して快諾を得た。沢田もこうして世話してやっているのである。

啄木が最果ての釧路へ着任したのは、年の明けた厳冬の一月十九日であった。ここでも最初は熱心に仕事をし、白石社長も「紙面がこれまでとは別になった。」と言って喜び、彼に時計なども与えている。だがこの釧路で経済的破綻を招く結果となったものは、これまで経験したことのなかった芸者遊びを覚えたことである。芸者小奴とのロマンスはよく知られているが、とにかく毎日のように入り浸っていたのだ。

火をしたふ虫のごとくに
ともしびの明るき家に
かよひ慣れにき

この歌がよく当時の彼の状況を表している。こうした生活が啄木に耐えられるはずはない。破綻を招くのにそう時間はかからないはずだ。彼の月給は二十五円に過ぎないからである。釧路での生活が僅か二ヶ月ほど経過した時点で、すでに百五十円余もの負債を抱えていたのである。金に窮した時、彼の頭に浮んでくるのはただ一人郁雨にすがるしかないということであろう。しかし少々の金額ではすぐに消えてしまうから、この際は五十円を要求することにした。現在で言うと五十万ほどの大金である。郁雨といえどもそう簡単に用意出来る金額ではない。啄木は何としても成功させる必要があった。彼がとった作戦は、まず緊急を要する金であることを相手に感じさせるために、電報を打った。「カホヲタテネバナラヌコトデキタ、デンカワセ五〇タノムイサイシメンイシカワ」そしてこの金は自分のためではなく、公的に使うとしたほうが効果的であろう、という作戦で書簡をしたためた。「委細紙面」の内容は無論創作である。競争紙「北東新報」について「之を倒さざるべからざる必要あり。主筆は鉄道操業視察隊に加りて途に上れり、僕はその不在中編集局の全権と対北東運動とを委ねられたり。しかして兄よ、僕の運動功を奏し、北東の記者横山、高橋、羽鳥の三人は今回同社を退社するに至れり。（中略）前記三人は前借その他の関係より断然社と関係を断つには五十金を要する也。大至急要する也。（中略）この金は社長の帰釧と同時になんとかなる金なり。（中略）願わくば我が顔を立たしめよ。」これに対して郁雨はあまり疑いを懐かなかったとみえ、十五円を送り、続いて残りの三十五円を送金しているが、最初から返済するあてはなかった。そして間もなく啄木は家庭に関する用件で函館に行ってくるとのみ下宿と社に告げ、夜逃げ同然の姿で海路釧路を発ち、無論再び釧路へ帰ってくることはなかった。

郁雨は後に、「部屋住みの身には重過ぎた金額を工面して送ってやったが、これは社のために使ったのだから、必ず返せる金だ、と言ってよこしたのに返金どころか突然「今酒田川丸で釧路を去る。」という電報をぶつけられて、私の心は戸惑いさせられた。」（函館の砂）と後で述べているが、こうした身勝手な啄木に、普通の人間ならばおそらく絶交を申し渡したに違いない。だが郁雨は違っていた。結論的にいうと、啄木の生涯は貧苦と病苦の生涯であったという印象が一般的だとおもうが、それも事実であった。然し彼ほど破格の支援に恵まれた文学者はいないと思っている。それはこれまで述べてきた二人の支援というのは、一般常識ではとうてい考えられないレベルの援助だと思うからである。今日ある啄木の名声もこれらの人々の支援によってもたらされたと言っても過言ではないと考える。啄木は帰函するとまず郁雨を訪問するのが筋だと思うが、やはり敷居が高かったのであろう、親交のあった岩崎白鯨宅で一泊させてもらった。翌日岩崎は啄木のために仕事を休んで午後郁雨宅に同行してくれたのである。やはり厚顔の啄木といえども一人では行けなかったのだ。その日の日記に彼は、「相見てしばし語なし。夜、吉野君が宿直なので、東川小学校の宿直室で四人で飲む。宮崎君と寝る。ああ友の情！」「相見てしばし語なし」とあるが全くその通りだっただろうと思う。啄木はおそらく金のことをせめられるものと覚悟していただろうが、郁雨は許してくれたのだ。「ああ友の情！」という言葉に万感の想いが込められているように読める。そればかりではない。啄木は今後の希望として、「二、三年は函館で生活して、その間準備をととのえた後、かねてからの希望である東京へ出て文学に人生を賭けてみたい」というような話をした。これに対して郁雨は、「それならば家族は私が当分預かるから、早いほうがいい。」と、郁雨の方から上京をすすめたのである。予想外の事態に啄木は驚いたことだろう。

彼は早速、郁雨が用意してくれた旅費を持って小樽に残していた妻子を連れ戻ったのである。啄木が上京して後、金田一の庇護のもとに一年余を暮らしたことは、金田一の項で前に述べたので省略して、以後の経過に移りたい。上京して以来郁雨に金を要求することがなかったのも金田一の支援があったからだが、彼と別れてからはたよれるのはやはり郁雨しかいない。間借りする家はみつかったが資金が無い、久し振りに郁雨に十五円を借りて家族を迎える事が出来たのである。家族が増えては二十五円の月給では余裕などは全くないから、予期せぬ事態にはたちまち対処不能に陥る。「妹光子が名古屋へ帰る旅費を金田一に借りた。今月は駄目な月だった。宮崎君へ電報を打つ。」（日記）こうして二十円の支援を受ける有様なのだ。この年はなんとかすごしたものの翌明治四十四年に入って啄木の体調に重大な変調をきたした。東大青山内科で診察を受けた結果、慢性の腹膜炎と判明、二月四日入院した。当時この疾患に対しては、的確な治療法はなかったから、やがて全身衰弱によって死に至る、といった経過をたどることになる。だが啄木には重篤な疾患だという認識はないので、十日ほどたった頃には「病院生活に飽きがきた。」などと日記に書き、一ヶ月後には医師に退院したいと申し出て、二日後に退院した。郁雨からは三月十日に二十円がとどけられた。啄木が請求していないから病気見舞いのつもりで送ったものと思う。また四月二十九日に受け取った郁雨の手紙に「十五円入っていた。思いがけなかった。」と日記にあるから、これも郁雨が病気でなにかと金がいるだろう、と思って自発的に同封したのであろう。啄木は退院したもののほとんど毎日のように発熱し、四十度を超えることもしばしばあった。もう外出さえ出来る状況にはなく、死への危険が間近にせまっていた。七月十二日にまた郁雨に打電して翌日十五円の電報為替を受け取っている。八月には、間借りしていた床屋から出るように言われた。結核患者が同居していては客商売に差し障る、ということであろう。早急に移転を考えねばならない。幸い小石川久堅町に一戸建てを見つけて移転した。しかしそれにはかなりの金が必要である。郁雨は四十円を送っている。だがこの送金を最後として啄木と郁雨の交流は断絶したのであった。

その原因はこの年九月に発生した妻節子と郁雨に関わる所謂「不愉快な事件」である。

この事件についてはは拙論「不愉快な事件についての私解」(「薄命の歌人」実録石川啄木の生涯)で詳述したので、ここでは省略して先へ進めたい。こうして啄木は再起の希望も空しく明治四十五年四月十三日父、妻、若山牧水にみとられて二十六年と二ヶ月の人生を終えたのである。だが郁雨の支援はここで終ったわけではない。それは石川家の墓碑建設である。大正十三年に入って建設運動は開始されたが、最終的に郁雨は独力で啄木の愛した大森浜と砂丘の見える立待岬に近い場所に墓碑を建設した。おそらく文学者としてこれ以上のものはないだろうというほどの立派な墓碑である。郁雨が出資した資金は千円以上にもなったであろう。郁雨という人物の善意というのは私などの理解をはるかに超えるものである。啄木の死後発見された所謂「借金メモ」によると、郁雨に対する負債は百五十円となっている。しかしこのメモは金田一と同居していた蓋平館を出る前あたりに書かれたもので、それ以後の負債が私の調査では、百十円あるから、合算すると二百六十円になる。忘れてならないのは函館に残してきた家族への生活費の支援である。啄木はほとんど郁雨まかせで仕送りはしていなかったから、郁雨が毎月支援していたものと思われる。おそらく私の推測では、十五円か二十円は渡していたと思う。その間一年と二ヶ月を合計すると、二百円ほどにもなるのである。前記の負債と合算すると、五百円に近い。それに石川家の墓碑建設の費用約千円を加算すると、千五百円ほどになり当時なら家が一軒建つほどの大金である。これだけの経済的支援者は郁雨以外にはない。これも啄木が流浪先を函館に決め、郁雨と親交ができた結果に獲得した幸運であるということができる。

三、其の他の支援者

啄木の支援者としてこれまで述べた金田一京助と宮崎郁雨は別格といっていい存在であるが、その時時の短期間にかなり重要な支援をした人々も見逃すわけにはゆかない。以下そうした人達を述べてみたい。

イ、「白石義郎」

文久一年福島県に生まれた。フランス法律学校に学び、後に福島県会議員をへて明治三十一年に衆議院議員に当選したが、間もなく政界を去って、「釧路新聞」を創刊し、その後「小樽日報」も創刊して社長を務めた。啄木と白石とはこの「小樽日報」創刊の時に関係ができた。啄木が白石をどう見ていたか、金田一京助宛の書簡（昭四一・一・三〇）に明らかである。「度量海の如き篤実の老紳士に候が、嘗ては国事犯として獄につながれたこともあり、又『心理実行論』といふ急激なる自由主義の世界統一論を著したる事などもある人なれば、胸の奥にはまだ若々しい革命思想を抱き居り、小生とは所謂支那人の『肝胆相照らす』底の点あり」と言い、かなり好感を持っていたようだ。啄木は入社して例によって最初は熱心に仕事に打ち込んでいたが、慣れるに従って勝手な行動が出てくる。無断で札幌の小国露堂宅に泊まりその日は帰社せず、翌夕帰社したところへ小林事務長が待ち構えていてトラブルとなり、啄木は後先も考えずに即日退社していった。その結果はたちまち生活に困窮するのである。沢田編集長は啄木の今後の生活を心配して白石社長が兼務する「釧路新聞」への入社を社長に相談し解決してやったのである。身勝手な行動をして事務長と喧嘩し勝手に退社していったような者に、自己の会社へ再び採用するということは、普通の考え方からすればないように思うが、白石社長は啄木の希望を聞き、その希望なるものは全く身勝手なものであったから、拒否されて当然だが、社長は笑って、とにかく無条件で「釧路新聞」の入社が決定した。白石社長の温情に啄木は救われたのである。もしこの時、社長が拒否していたとしたら、釧路への縁はなかった。その結果は歌集「一握の砂」にもかなりの影響が出るのは必至であると思う。なぜならば、釧路を歌った数々の秀歌と小奴を歌った十二首を失うことになる。この事実はこの歌集の魅力を支えている歌群の一部だと思うからである。したがって白石の温情は、単に啄木の生活面の支援のみならず、結果において歌集にも影響をもたらすものだと言えよう。

ロ、「与謝野鉄幹（寛）晶子（しょう）夫妻」

鉄幹は明治六年二月、京都府岡崎村の生まれで、父は寺の住職であった、この点は啄木と類似している。数え年の五歳から両親に仏典、漢学、国書の素読を受けたというからかなり早熟だったのであろう。十二歳にして漢詩をその専門誌「桂林余芳」に発表して麒麟児ともてはやされたとも云う。彼は詩人としての素質を少年時代からもっていたのだ。鉄幹は明治三十二年十一月に「東京新詩社」を創立し、翌年四月には機関紙「明星」を発刊した。

一方与謝野晶子は、明治十一年十二月、現在の大阪府堺市甲斐町で、菓子商「駿河屋」の三女として生まれた。堺女学校を卒業後、詩歌を楽しんでいたが、明治三十三年に鉄幹の「東京新詩社」の社友となり、翌三十四年六月上京、鉄幹と恋愛の末、その年秋に結婚した。一方啄木は中学五年生の半ばにカンニングが発覚、優秀だった成績も学年が進むにつれて低下し、このままでは落第必至と考えられ、「家事の都合」を理由に自ら退学の道を選んだ。この年十月には「明星」第三巻第五号に初めて「血に染めし歌をわが世のなごりにてさすらいここに野にさけぶ秋」の一首が採用された。これに力を得たというわけでもないとは思うが、十月の末には、「文学で身を立てる決意」で早くも上京して行ったのである。先輩、細越夏村の世話で小石川区小日向台の大館みつ方に下宿し、十一月九日に「新詩社」の会合に出席して、はじめて与謝野鉄幹に接した。啄木は「想へるよりも優しくして誰とも親しむ如し。」とその日の日記に述べているから安心したのであろう、翌日単身で鉄幹宅を訪問した。詩歌について歓談しているが、啄木の短歌につき、「君の歌は奔放にすぐ」との講評を受けた。この批評に対して、啄木が納得したかどうかはわからない。だが、「鉄幹氏の人と対して城壁を設けざるは一面尚旧知の如し。」とも書いているから、鉄幹には好感を持ったように思う。また、晶子については、「吾の見るすべては、その凡人の近ずくべからざる気品の真髄にあり。この日産後漸く十日、顔色蒼白にして一層その感を深うせしめぬ。」とある。啄木は晶子に対して、短歌の上で影響を受け尊敬のまなざしでみていたし、これは終始変わる事はなかったが、鉄幹とは晩年いささかの距離を置くようになった。やはり自然主義や、社会主義に移行していった啄木との短歌観の相違に由来するものであろう。

だが、鉄幹は、収入のない啄木のために少しでも足しになればということから、「新詩社」の付属機関である「金星会」の運営をまかせてやっている。この会は短歌の指導を担当するもので、何がしかの会費が入るのである。また晶子は妻と別居している啄木の身の回りまで心をくばり、夏には浴衣などを縫って贈っている。これらの事実は与謝野夫妻の啄木に対する愛情と善意によるものであろう。だが、鉄幹主幹の「明星」が啄木にもたらした収穫ははなはだ大きいものがあったと思われる。「明星」に集まった文学者から詩歌に対する多大な影響や刺激を受けたからである。そして多くの文学者と交流することも出来た。特に森鷗外の知遇を得たことは得がたい収穫であった。吉井勇や北原白秋とは一時相互によく交流していた。啄木にとってこの二人はよきライバルであったし、啄木にはない資質をもっていることから、彼等にコンプレックスを抱いていたようにも思う。これら同人たちの作品は啄木にとってもよい刺激になったであろう。そうした意味で「明星」が啄木を育ててくれたとも考えられるから、与謝野鉄幹、晶子夫妻は啄木の人生において、唯一文学面で多大の貢献をした人物であったと言う事ができる。

ハ、「朝日新聞社の人達」

啄木が勤務した「朝日新聞社」で最も重要な役割を果したしたのは、「佐藤北江」（真一）であろう。彼は明治元年に盛岡の南部藩士の家に生まれた。公立岩手中学校（現、盛岡一高）に学んだが病弱のために中退し、後に「岩手新聞社」の記者を経て、「東京朝日新聞社」に移った。北江は敏腕を振るい名編集長として後世に名を残したのである。部下の上田芳一郎によると、佐藤北江について、「佐藤君の性質は一体に真面目嫌いのほうであった。佐藤君には清濁併せ呑むといふ度量はあったけれども、几帳面なものは余り喜ばなかった。また如何なる場合といえども威容を正すといふよりも先ず破顔してこれを迎ふという風であつた。」（大田愛人著「石川啄木と朝日新聞」）こうした親しみ易い人物であったようだ。啄木は当時金田一と同宿していたが、何時までも彼に負担をかけてもいられないと思ったのであろう。「朝日新聞」は当時も一流の新聞であるから、駄目でもともと、といった軽い気持ちで同郷でもある佐藤編集長に履歴書を送ってみた。しかしこれが案外簡単に、佐藤編集長との短時間の面接で、校正係りとして採用が決まったのである。二十五円支給されるから一応生活苦から開放されることになった。

この年三月一日から出社したが、通勤の電車賃にも事欠く有様で、佐藤に月給の前借りを申し出たが、佐藤は、面倒だからといってポケットマネーを貸してくれた。したがって月給日にはそのまま佐藤に返済しなければならず、このようなことであるから毎月前借を繰り返すという生活から脱出はできなかったのである。ひと月半ほどたった頃、例によって悪い癖が出た。「今日こそ必ず書こうと思って社を休んだ。」(日記) 小説を書くために勤めを休むのである。こうしたことは一般の勤務者にはない。普通は帰宅してからとか、休日に書くものであろう。「あと一週間くらい社を休む事にして大いに書こう。社を休んでいる苦痛も慣れてしまってさほどでない。」(日記) といったようなことで、彼には勤務者としての資質が欠けているのだ。

これまでの勤務先でも同様の勤務状態であったから、そのように言っても間違いはないであろう。そうした啄木でも、短歌については認めてくれる人があったのである。社会部長の藪野玄耳である。彼は新聞に出た啄木の歌に注目し、「昔から今までの歌に、こんなことを素直に、ずばりと、大胆に率直に詠んだ歌といふものは一向にない。」(「一握の砂」序）と、当時の啄木の短歌観を的確におさえている。啄木は日記に、「先月朝日に出した私の歌を大層誉めてくれた。そして出来るだけの便宜を与えるから、自己発展をやる手段を考えて来てくれと言った。」とあるが、私には藪野部長が何を期待してそのように言ったのかわからなかったが、啄木は迷うことなく、歌集の編集に着手したのである。もしこの時藪野部長からの話がなかったら、歌集「一握の砂」は啄木の生前出版できなかった可能性さえあったと思う。それればかりではない。岩手の地方新聞ならばともかく、東京の一流紙である「朝日新聞」が、「歌壇」の選者に啄木を抜擢したのである。これは藪野玄耳の判断によるものである。一流の新聞であればまず歌人としても名の通った著名な人を選者に迎えるのが通常だと思うが、啄木は一部の人達には知られていたが、全国区の知名度はない。これは全く藪野部長によってもたらされた幸運であった。私はこの抜擢は啄木の将来にとってかなり大きな影響をもたらしたと思う。なぜならば、歌人としての啄木の格が上がったことと、彼の知名度がぐんと広がったと思うからである。したがって藪野玄耳は、短歌面での破格の支援を与えてくれた恩人だと言える。

啄木は明治四十四年の二月から慢性の腹膜炎を発病して入院し、退院後も発熱をくり返す有様で、到底勤務できる体調にはなかった。従って以後死に至るまで続いた。こうした長期の欠勤で、再起が絶望的であれば、人事が問題にするのは当然である。渋川部長は佐藤編集長に、「石川啄木をどうする」と、解雇を含めた問いに対して、佐藤は、「まあ放っといてくれたまえ」（伊東圭一郎著「人間啄木」）と答え、この一言で啄木は死ぬまで社に籍を置くことが出来たのである。もし途中で解雇されていたとしたら、収入の道を断たれ、啄木の晩年は一層悲惨な結果を招いたであろうことは疑いない。佐藤北江編集長は、啄木を入社させ、また解雇を阻止したという啄木にたいする支援はやはり大きい。この佐藤と、藪野の二人は、「朝日新聞社」における啄木の支援者としての両輪であったと言うべきであろう。

二、「小田島尚三」

小田島家の嘉兵衛、尚三、真平の三兄弟が啄木の詩集「あこがれ」発刊に関係しているが、多くの論文では、小田島三兄弟というように、これらの兄弟をくって書かれることが多い。だがしかし、この三人の啄木詩集発刊についての貢献度は同一ではない。

啄木は盛岡高等小学校時代の同級生であった小田島真平とは無論面識はあるが、他の二兄との接触はなかった。啄木が詩集「あこがれ」出版の目的で上京したのは明治三十七年十月三十一日であった。資金として姉の嫁ぎ先である山本家から何がしかの援助を受けてはいたが、とうてい出版費用には遠いものであった。したがって彼は有力なコネによる推薦を目論見、毎日文学者や有名な詩人の間を駆け巡ったが遂に徒労に終った。中でも当時の東京市長尾崎行雄を訪問したのは有名な話であるが、尾崎は、「一体勉強盛りの若い者がそんなものにばかり熱中しているのはよろしくない。詩歌などは男子一生の仕事ではあるまい。もっと実用になることを勉強したがよかろう。といふ様なことをいって叱った。」（尾崎行雄談「啄木の嘲笑」昭・五〇・一〇・国文学）と、このように述べているから、出版社の紹介どころか、説教されに行ったような結果となり、啄木とすれば訪問者の選択を誤ったということであろう。そして最後に思い出したのが高等小学校の同級生であった小田島真平であった。彼の長兄がたしか出版社に勤めていると聞いていたので、最後の望みを託し真平に連絡してみたのである。真平は快く快諾し次兄の尚三に相談を持ち込んだ。尚三は出版の知識に乏しいので、出版社「大学堂」に勤務する長兄嘉兵衛に相談した結果、「啄木の現時点での評価では出版は無理だが、資金を出すのなら出来ないこともない。ついては一度啄木に会って見たら、」という意見であった。

従来、啄木が紹介状を持って上京して、嘉兵衛を訪ね、嘉兵衛から尚三に話が行ったように述べられているものが多いが、私が小田島家の遺族に照会したところによると、当時嘉兵衛は実家とは家庭の事情から絶縁していたということで真平は嘉兵衛ではなく尚三に連絡したという。尚三から兄嘉兵衛に相談したというのが真実である。また、啄木が上京する際、嘉兵衛への紹介状を持って出た、というのも間違っている。もしそれが事実であるとすれば、最初に嘉兵衛を訪問したはずで、上京してから、毎日のようにコネ探しに無駄な日と労力を費やす必要はなかった。万策尽きて最後に小田島に救われることになったのである。尚三は嘉兵衛の意見に従って啄木を訪問した。

「少しほら吹きだという感じを受けたけれども、唯眼がとても澄んでいて美しいので詩人とはこういうものかと思った。真平が『石川という人は貧乏だが文学的才能のある人だ。』と推薦したが、結局私も啄木に魅せられてしまったのでしょう。」（伊東圭一郎著「人間啄木」）当時は日露戦争の真っ只中で、尚三も四月には入隊することになっていたから、戦地に行けば生死はもとよりわからぬ身であるということもあって、二百円の貯金を兄嘉兵衛に渡して啄木の希望による処女詩集「あこがれ」を出版することにしたのである。もし尚三に出資する意志がなかったら、この時「あこがれ」の出版が出来たという可能性はほとんどなかったと思う。啄木は願いが叶ったにもかかわらず、尚三の破格の厚意にたいして、「ありがとう」の一言もなかったという。啄木にしてみれば、詩集の原稿を売り、いくばくかの金を手にしたいと考えていたのだろう。それが一銭の金にもならなかったのが不満だったのだと思う。というのも、彼にはまとまった金が至急に必要な事情があった。両親は渋民の寺を出されて収入の道を断たれ、帰宅すれば節子との結婚式が控えている。こうした状況にあった啄木だから、なんとしてもある程度の資金を用意する必要にせまられていたのだ。尚三が支援した二百円という金額は、当時は大金であった。現在なら二百万円にも相当するだろう。こうした大金を他に提供する人物がいただろうか。まず尚三以外にはなかった。啄木の処女詩集「あこがれ」を世に贈った尚三の功績は大きいと思う。彼の支援がなかったら、この歌集の発刊が啄木の生前に出来たかどうか、はなはだ疑問だと考えるからである。

小田島尚三は明治十六年十二月に盛岡市紺屋町に生まれた。盛岡高等小学校の三年生で中途退学して上京し、日本橋の八十九銀行に入社した。かたわら東京英語学校（夜間部）に通学した。日露戦争に出征し、無事に帰還後は一時アメリカに滞在し、明治四十年に帰国。盛岡で書店を経営するかたわら教科書販売所に勤務し、昭和四十一年三月二十六日、八十四歳で死去した。

ホ、「土岐哀果」(善麿)

明治十八年六月、真宗等光寺の次男として東京浅草に生まれる。府立一中から早稲田大学英文科に学び、同級生に北原白秋、若山牧水がいた。卒業後「読売新聞」に入社したが後に「朝日新聞」に移る。明治四十三年ローマ字で綴った歌集「NAKIWARAI」を出版して注目された。歌人、国文学者で、武蔵野女子大学教授。芸術院会員となり、昭和五十五年四月十五日、九十五歳で死去した。

啄木が初めて土岐哀果と接触を持ったのは、明治四十四年一月十二日、哀果から啄木に電話が入った時からである。「社に帰ると読売の土岐君から電話がかかつた。会いたいといふ事であった。とうに会ふべき筈のを今迄会わずにいた。その事を両方から、電話口で言ひ合つた。」(日記)哀果が啄木に会いたいと連絡して来たのは、啄木が昨年八月、「東京朝日新聞」に哀果の歌集「NAKIWARAI」について好意ある書評を発表したことから、啄木に一度会ってみたいと思ったのであろう。哀果の歌集に対する批評は次のように書かれている。「その作には歌らしい歌が少ない、歌らしい歌、乃ち技巧の歌、作意の歌、装飾を施した歌、誇張の歌」だと言い、「特に其の後半部は、日常生活の中から自ら歌になつている部分だけを一寸一寸摘まみ出して、それを寧ろ不真面目ぢやないかと思はれる程の正直を以て其まま歌つたといふ風の歌が大部分を占めている。」そしてまた「歌といふものに就いての既成の概念を破壊する事、乃ち歌と日常の行往とを接近せしめるといふ方面に向かっている。」ここには重要なことが述べられていると思う。当時の啄木の短歌観がそのまま出ているのだ。つまり哀果の歌が啄木の短歌観に添うものであり、哀果に対して格別の親近感を抱いたものと思われる。

当時啄木の親しい友人は、時々来る丸谷喜市くらいのもので、一人去り二人去りして身辺は淋しい状況になっていたから、哀果と親しくなれることは、啄木にとっても嬉しいことだったに違いない。本来なら、哀果が啄木の勤め先へ出向くのが普通だと思うが、哀果から電話のあった翌日、社が引けてから啄木の方から哀果の勤め先である「読売新聞社」へ出向き、そのまま啄木の家に連れて帰ったのである。その夜雑誌を出す相談がまとまった。雑誌の名は啄木の木と哀果の果を取って「樹木と果実」とし、この雑誌の性格について、尊敬する大島流人宛の書簡で、「表面は歌の革新といふことを看板にした文学雑誌ですが、私の真の意味では、」「次の時代、新しき社会といふものに対する青年の思想を煽動しやうといふのが目的なのであります。」「しよつちゆうマッチを擦つては青年の燃えやすい心に投げてやらうといふのです。」といった、かなり物騒な計画を練っていたのだ。

啄木と哀果は不思議なほど共通点があった。共に僧家の出で、新聞社に勤め、同じ傾向の歌を作り、共にローマ字の作品を書き、社会主義に関心を抱いていた。したがって哀果は啄木にしてみれば、彼がよく言う、「吾が党の士」であるから、その日のうちに親交を結んだのも当然の成り行きであっただろう。だがこの雑誌は不運にも世に出ることはなかった。それから間もなく、啄木は身体上の異変を感じていた。東大病院で診察の結果、慢性腹膜炎と判明し二月四日青山内科に入院した。その上出版業者とのトラブルが重なり、出版を楽しみにしていた啄木も遂に断念したのである。退院以来毎日のように三十八度前後の発熱をくり返していた啄木であったから、身体の衰弱は日に日に進み、遠からず死に至るであろう、ということは彼自身も覚悟していたと思う。

病気ということになると、あれこれ金もかかる、とにかく早急に金を作る必要から「一握の砂」以後の「歌稿ノート」を何とか売りたいと考えて、牧水の雑誌「創作」が「東雲堂」から出ているので、牧水に交渉を依頼したが、牧水と「東雲堂」の間に事情があって、牧水は断ったため、結局哀果に依頼した。哀果はすぐに「東雲堂」と交渉して出版の契約が成立し、二十円の収入になった。その日の様子を第二歌集「悲しき玩具」の「あとがき」にきわめて印象深い文章を綴っている。「受け取った金を懐にして電車に乗っていた時の心持は、いまだに忘れられない、一生忘れられないだろうと思う。石川は非常によろこんだ。氷嚢の下から、どんよりした目を光らせていくたびもうなづいた。」（略）「枕もとにいた節子さんに、『おいそのノートをとってくれ、その陰気な、』とすこし上を向いた。ひどく痩せたなあと、その時僕は思った。『どのくらいある？』石川は節子さんに訊いた。『一頁に四首づつで五十頁あるから四五の二百首ばかりだ』と答へる。と、『どれ』と石川はその灰色のラシヤ紙の表紙をつけた中版のノートをうけとつて、ところどころ抜いたが、『さうか、では万事よろしくたのむ』と言って、それを僕に渡した。（略）かへりがけに石川君は、襖を閉めかけた僕に、『おい』と呼びとめた。立ったまま『何だい』と訊くと、『おい、これからもよろしくたのむぞ』と言つた。これが僕の石川にものをいわれた最後であった。」これは啄木が死ぬ四五日前のことで、第二歌集「悲しき玩具」はこの年九月に出版されたが、啄木はついに悲しくもこの歌集を手にすることはなかったのである。三月七日、末期の肺結核で母カツが死亡し、その後を追うように、一ヶ月と少々過ぎた四月十三日、遂に啄木も二十七歳の若さで多くの才能を抱きながら、あの世へと旅立った。母と啄木の葬儀は哀果の計らいで彼の実家である浅草の「等光寺」で営まれた。

これまで述べた多くの人達は、生前の啄木を支援した人々であったが、死後重要な役割をはたしたのが哀果である。函館に帰った妻節子は、何かにつけて哀果に相談している。本来なら親しい郁雨に相談するのが普通だと思うが、やはり妹の伴侶である郁雨には、妹の手前遠慮があったのであろう。節子が哀果へ送った書簡は十三通残されているが、その殆どは、お願いとお礼に終始している。哀果はそのつど誠実に対応していたに相違ない。啄木との最後の会話で、「これからもよろしくたのむ。」と言われた哀果は、死のせまっている彼の言葉に、死後の家族の面倒も含めて「よろしくたのむ」、と言われたものと受け取ったのであろう。節子は夫の残した原稿のすべてを哀果に託した。哀果としても節子に収入のないことはわかっていたから、これらの中からいくらかを出来れば売ってやりたいものと考えていたと思う。節子の手紙の記述から、彼が勤務する「読売新聞」に啄木の遺稿を売り込もうとした形跡がある。房州から出した書簡で、「小説、新聞におのせ下さる様に御尽力いただきましたそう、誠に有難う御座います。」（明・四五・七・七）とある。それから二十日ばかりたった七月二十八日の書簡で、「原稿料から差し引いていただく様にして、二十円ばかりご都合していただけませんでせうか。」という要求に対して、八月九日の書簡は、「この間はまことに有難う御座いました。お陰で助かりました。新聞社の都合が悪くてあなた様がお立て替下さいましたそうで、くれぐれも深くお礼申し上げます。」とある。だが「読売新聞」に啄木の小説が連載された事実はないから、この件は新聞社が却下したのであろう。結局哀果が自腹を切ったことになる。私が啄木に対する哀果の支援は、これまで述べたことだけではない。最も重要だと思うのは、大正八年「新潮社」に啄木の全集を出版させたことである。

当時の啄木の知名度というのは今日の比ではなかったから、出版社に頼んでも相手にされなかったであろう。「新潮社」にしても同様であったのだ。だが哀果はねばった。「新潮社」は哀果の熱意に負けて、しぶしぶ出版を承諾したのである。十年の文学生活しかない啄木であるから、作品の量は少ない。したがって三巻の全集として出版された。出版社はこの出版にあまり期待していなかっただろうし、哀果も売れるかどうか心配だったと思う。だが予想を遥かに越えて、二十数版も出たのである。この実績の果たした役割は大きく、その後数社から次々に全集が出版され、巻数も次第に増加し現在では八巻にもなっている。哀果の努力によって啄木の評価が全国区となり、今日の知名度と名声の端緒を開いた恩人であると私は考えるのである。結論的にいうと、啄木の生涯は、貧困と病苦との不幸な生涯であったと、一般的にとらえられているが、それは確かに事実であろう。しかしこれまで述べたように、多くの支援者に恵まれたという視点から見ると、彼ほど文学面からしても、経済面からみてもこれほどの支援を受けた文学者はそうないのではないか。もしこれらの支援がなかったら、啄木一家は早期に破滅していた可能性さえあったと思う。その場合、現在のような名声を獲得出来たかどうか、はなはだ疑問だと私は考えるのである。

（本文に記載した文献以外の参考文献はすべて省略させていただいた。）

啄木と大森浜と砂丘

ここに砂丘と書いたが、私が居住していた戦前の函館では、砂丘を砂山といって市民から親しまれていた。この砂丘がどうして出来たかについては、函館という特異な地形をした都市の成立に関係してくる。もともと函館という都市は存在しなかったのである。この街は東南西の三面を海に囲まれ、突出した地形になっている。その昔函館山（臥牛山）は本土から離れた小島であった。それが風波の作用によって砂が運ばれ、次第に堆積して遂には函館山まで繋がったのである。しかし場所によって砂の堆積した量は均等ではない。本土に近い場所ほど多く、南に下るほど少なくなっているのである。多い所を高大盛（森）と言い、それ以下の部分を大盛（森）と言った。高大盛の砂丘は高さ二十数m、巾三百m全長一・五キロという長大なものであった。この砂丘は日の出町から新川河口あたりで終っているから、ここから先の函館山までは砂丘はない。新川河口に近い東川町などは、低地なので風波の強いときなど、人家が波をかぶるということで、堤防が設置されている。したがってこのあたりから極端に砂の堆積量が少ないことがわかる。また、函館で唯一の川である亀田川は、明治二十年頃までは港に流れ出ていた。都市の発展と共に、出入港する船舶も多くなるにつれ、川が土砂を港に運び港が浅くなるという理由かち、当局は河口の変更を決め、明治二十年に河口の変更工事に着手して港の反対側である大森浜へ出すことにした。その場合、当然工事のしやすい砂丘の切れ目である所へ河口を出したのである。工事した部分を新川と言い、河口を新川河口と言った。一般的に港の反対側の海岸を総称して大森浜と言っているが、本来は函館山の方から、白浜、赤石浜、東川堤防、大森浜という固有の名称があるのであるが、何時の頃からか、この海岸を大森浜と総称して呼ぶようになった。大森という地名は、砂丘を高大盛（森）大盛（森）というから、砂丘に由来した名称のように思えるが、実際は新川河口の南側にその昔大きな樹林があって森だった関係でこのあたりを大森町という地名を今に残しているが、その前面の海岸を大森浜と言ったのである。したがって一方は樹木の森であり、砂丘の盛とは意味を異にするが、呼び名がどちらも「おおもり」であるためにいつの間にか砂丘も大森になったのであろう。啄木と大森浜の砂丘については、歌集「一握の砂」の巻頭十首のうち、四首は砂山を詠んだ歌であることをみても、啄木にとって砂丘は重要な存在であったことがわかる。

いたく錆びしピストル出でぬ
砂山の
砂を指もて掘りてありしに

ひと夜さに嵐来たりて築きたる
この砂山は
何の墓ぞも

砂山の砂に腹這ひ
初恋の
いたみを遠くおもひいづる日

砂山の裾によこたはる流木に
あたり見まはし
物言ひてみる

啄木がなぜ「海といふと予の胸には函館の大森浜が浮かぶ」（汗に濡れつつ）と言うのだろうか。その理由は、彼がこれまでに見た浜辺とは違っていたからである。つまり大森浜には砂丘がある。こうした風景を目にしたのは、大森浜が最初で最後であった。大森浜で海に親しんだのは自宅（青柳町）から割合に近い新川河口付近の海であった。このあたりまでくると、背景に砂丘があり、前面には大森浜の海岸が左右に美しい弧線を描き、人影さえなく、大波が寄せては返すという、詩人啄木にとってこの上ない背景なのである。高大森まで足を伸ばせばさらに風景な雄大になるが、内容的にはほとんど変わりがないから、新川河口付近まで行けば十分であって、それより先へ行く必要はない。

青柳町の自宅から新川あたりまでは約二キロ程度であるから若者にとってはそう負担になるほどの距離ではない。中には住吉とか赤石などの浜を「東海の歌」の原風景だという人もあるが、自宅からは近いので啄木はこのあたりを散策したであろうということは否定しないが、彼にとってこの浜が魅力ある浜だとは思えない。背後には人家もせまり、人の出入りもある、漁船も出入りするだろう。しかも砂丘はない。こうした浜の風景ならば何処でも見られる。ごくありふれた漁村の風景にすぎない。おそらく啄木が暮らした小樽や釧路の浜でも見られただろうし、このような浜を彼が感慨にふけるに適した場所とはいえない。やはり前記した新川河口以北の海岸が数段適しているのである。此処ならば砂山に寝ころび感慨にふけることも出来るし、泣き濡れたとしても人目につくことはない。啄木は小説「漂泊」にもこの新川河口の浜辺を舞台として使っている。その中で、啄木は大森浜を見た最初の印象をつぎのように述べている。「函館に来て、林なす港の船の帆柱を見、店美しい街々の賑わいを見ただけの人は、いかに裏浜とはいひ乍ら、大森浜の人気無さのか許りであらうとは、よも想ふまい。」小説として書いてはいるが、これは、啄木自身が最初に大森浜を見て感じた印象に違いない。こうした感想はなにも啄木の時代ばかりではなかった。私が居住していた戦前の大森浜でも同様の印象があった。それはまず近くに人家がないこと、したがって人の出入りもなく、背後には砂丘があって、街の騒音を吸収して遮断するから、耳に入るのは寄せては返す波の音か、群れなすカモメかカラスの鳴き声か、時に聞こえる船の汽笛くらいのもので、大森浜に来れば市街とは隔絶した環境が得られるのである。したがって啄木が大森浜と砂丘に強い愛着を抱いたことはよく理解出来るのである。私は啄木にとって海や浜辺を考える場合、「函館日日新聞」に連載した「汗に濡れつつ」というエッセイはかなり重要な記述だと考えている。「海といふと予の胸には函館の大森浜が浮ぶ。」と言い、「情人海と予との逢引は日毎の様にかの大森浜の砂の上で遂げられた。」と言う。この記述から彼が海を頭に描く時には大森浜の海以外は念頭にないと断定していいということである。したがって「東海の歌」の場合、「東海の小島の磯の白砂に」は、どこかの海岸なり浜を念頭に描いていていたとすれば、啄木が大森浜から見た東の海以外にはないというこことである。私はこの断定は動かないとおもっている。したがってこの歌は、大森浜が原風景であるから、言われていることをそのまま解釈すべきで、象徴歌などといった方向に持ってゆくことはない。大森浜での感慨を歌った歌だと考えてそれで十分だと思う。

函館での親しい友人であった岩崎正（白鯨）は啄木の死後、一年ほどして新聞に発表した文章で、「或る暖かな日二人は夏蜜柑を沢山買って新川の砂浜に寝にいったこともあった。」「帰る時食い残りの夏蜜柑を砂へ埋めて来た。南国の木の実を北海の浜に埋めるのはおもしろいと啄木は言った。」このような些細な一齣でも啄木には大森浜の思い出として後々まで心に残っていたであろう。大森浜の砂丘は長大なものであったが、はたして啄木はその全貌を見たのかどうか、つまり新川河口あたりから最も遠い日の出町の高大森の砂丘まで行ったかどうかについて、啄木自身が述べたものは見当たらないが、私は少なくとも一度は行っていると思う。それは岩崎正の次の文章があるからである。立待岬へ郁雨と一緒に啄木の墓所を決めに行った時のことである。「君の好きな大森浜は眼下にある。高大森の浜茄子（はまなす）の花まで見分ける訳にはいかないが、砂山はみえる。君と僕とで夏蜜柑を埋めたあの砂山が見えるのだ。」岩崎がなぜ立待岬で唐突に高大森の浜茄子のことを書いたかについて私は次のように推察するのである。それは彼が高大森と浜薔薇について啄木も知っているということを意味すると思う。啄木が知らないものを書く必要はないからである。岩崎が立待岬で高大森の砂丘を遠望しながら、きっと歌集「一握の砂」にある次の歌を思い出していたに違いない。

潮かをる北の浜辺の
砂山のかの浜薔薇よ
今年も咲けるや

この歌は初出が「一握の砂」ということであるから、歌集編集時の作であろう。函館の回想歌として人々によく知られた歌でもある。私はこの歌の砂山と浜薔薇に注意した。啄木は歌集を編集しながら、函館時代のことを回想していたと思う。それはこの歌ばかりでなく、歌集の巻頭十首のうち、五首は編集時に作った歌だから、そのように考えられるのである。その時岩崎と二人で高大森へ浜薔薇を見に行ったことをなつかしく思い出して、今年も咲いているかどうかを気にしていたのであろう。一方岩崎は「今年も咲けるや」と啄木が歌っているのを思い出して、それに答えるように、「高大森の浜茄子の花まで見分ける訳にはいかないが、」と書いたのであろう。そう考えると、辻褄が合うように私には思われる。したがって私は、啄木の歌と、岩崎の記述から、彼らが一度は高大森まで足を運んだものと考えて間違いはないものと思っている。昭和三十三年十月、高大森のあった日の出町に啄木小公園を建設し、啄木座像とこの歌の歌碑を建立したのは適切であった。私は公的な場所に文学碑を建立する場合は、その土地と何らかの関係がある場合に建てる意味があると考える者で、これまで機会あるごとに述べてきたが、しかしこの歌と同じ歌碑が、青森県の野辺地町、愛宕公園にもある。建立が昭和三十七年五月であるから、高大森の歌碑の四年後に建てられたことになる。この碑の碑陰には、「万人に愛好されている啄木文学を顕彰、ゆかりの歌を刻みその面影をしのぶよすがとした。」とあるが、その中で疑問なのが、「ゆかりの歌」と書かれている点である。この歌は「忘れがたき人人二」の巻頭歌として収録されている。この章は北海道の歌を集めている章であり、砂山を詠んでいることから、函館の大森浜を念頭において詠まれたもので、青森県とは関係がないことは、すぐに解るはずだと思う。しかもすでに四年前に大森浜に同一の歌による立派な歌碑が完成している。野辺地の建碑関係者がこのことを知らぬはずはない。むりを承知で建てたのであろう。こうした建碑はあまり意味のない碑だと私は思う。（「大阪啄木通信」二十七号）

「参考文献」

元木省吾「新編・函館町物語」昭・六二・七・幻洋社
大淵玄一「函館の自然地理」平・八・六（非売品）
竹内理三編「日本地名辞典」（北海道上巻）昭・六二・一〇・角川書店
「函館市史」（通説編第四巻）函館市史編纂室編・平・一四・三・函館市
函館市史編纂室「函館むかし百話」平・七・八・幻洋社
岩崎正記事「函館毎日新聞」（夕刊）大・二・六・二二

「東海の歌」に関する疑問の三論

私はこの歌については以前から高い関心を抱いているが、結論から言うと、この歌の原風景は函館の大森浜以外にはないと考えているので、他の如何なる説にも同調できないのである。この件については、「国際啄木学会東京支部会報十二号」に「東海の歌についての私解」という論考で詳細な私見を発表しているから、ここでは結論だけを述べておきたい。

一、「東海」を「日本」とは読まず、私は大森浜を友人と散策した時に作った「蟹に」の詩で、啄木自身が歌っているように、「東の海」と読む。大森浜から見える海は東の海だからである。

二、啄木は歌集「一握の砂」出版に際して、雑誌「スバル」へ出した広告で、「素直で飾らぬ歌」だと公表しているのであるから、読者も歌われていることを素直に解釈することが、作者の意に添うことになる。

三、「東海の歌」に続く九首の歌は全て大森浜での感慨を歌った歌であることはすでに定説である。なぜ啄木が「東海の歌」の後に大森浜の歌を持って来たのだろうか。他にいくらもいい歌があるのだから、どのような編集でも出来たはずである。この事実は甚だ重要だと考える。

四、啄木が歌集の編集に着手した際、巻頭に大森浜での感慨を結集しようと考えたのだと私は思う。なぜならば、この浜辺で感慨にふけった日々は、死さえ意識に置いた、彼の人生で最も悲しくも重い感慨であったからである。

五、「大森浜派」を拒否する「象徴派」は大森浜から離れて「東海」を「日本」と読み、特定の場所にとらわれない、「一般的な心情の表白と解するほうが、代表歌としてふさわしい。」という。

六、で、「一般的な心情」とは何かといえば、次のように説明されている。「自己の小ささを嘆く歌」だという。こうした嘆きで、はたして若者が「泣きぬれる」ものだろうか。せいぜい溜息をつく程度の嘆きであろう。

七、その点、「大森浜派」の解釈はそんな軽い嘆きではない。死さえ意識に置いたほどの嘆きであった。

八、「大森浜派」のいう「東海の歌」の原風景は、啄木一家が渋民の寺を追われて、一家離散という不運にみまわれ、啄木は妹を連れて函館に渡った、渡函当時の嘆きを歌ったものだろう、というのが一般的な解釈である。

九、だが私は渡函当時よりも、むしろ離函する時期のほうが、啄木にとってより切実だったのではないかと考える。安住の地を求めて渡った函館も三ヶ月後には大火によって勤務先は消失し、再び流浪の不運をよぎなくされたからである。

十、札幌への移住を決め、函館を去るまでの一週間を毎日大森浜で感慨にふけった。

十一、九月五日の日記で、「夢はなつかし、夢みてありし時代を思へば涙流る。然れども人生は明らかなる事実なり。」と記す。

十二、少年時代渋民の寺で、両親の庇護のもとに、文学の夢と恋の夢とを貪っていればよかった啄木が、今は流浪の人として流れてゆかねばならぬという不運を重ね合わせる時、自己哀惜の涙が頬を伝って流れるのである。

十三、この苦痛というのは、経験したものでなければとうてい理解できないほどの悲痛なものだったと思う。したがって啄木は、「われ泣きぬれて」に万感の想いを込めていたのだ。

十四、「象徴派」がいう「自己の小ささを嘆く歌」などと言った解釈では、「泣きぬれる」の部分の解釈にはならない。したがって「象徴派」の理解では「東海の歌」の解釈として成立しないと私は考える。

十五、「汗に濡れつつ」というエッセイがあるが、この文章は「東海歌」の原風景を考える場合、はなはだ重要だと思う。

十六、啄木はこの文章で、海辺について彼の印象に残っている濱を提示しているからである。「海といふと予の胸には函館の大森浜が浮かぶ。」「その後時々海を見た。然しそれは何れも旅行先での事で、海を啓し、海を愛し乍も、未だ海と物語る程親しくはならなかつた。」という。少々長くなったが私はこれらの事項を踏まえて「東海の歌」を解釈した。

したがってもし従来出ている諸説以外の新設を発表するのであれば、私の述べた事項について確証を提示した上で否定し、自説を発表して頂かないと私は納得出来ない。

「私はこう考える。」というだけでは説得力に欠けると思う。「ああそうですか。」といったことにしかならないのではないだろうか。私は諸説をすべて確証を提示した上で論断し、自説を述べてきたからそのように考えるのである。タイトルに三論と書いたのは次の三氏の論考である。

・内田ミサホ「東海歌の原風景「旅の跡」から見えてくるもの」（啄木文庫三十四号、三十五号）上下

・米地文夫「啄木の「東海」は固有名詞であった」（国際啄木学会盛岡支部会報十三号）

・米地文夫「石川啄木の詠う白砂と黒土」（国際啄木学会盛岡支部会報十四号）

・近藤典彦「『一握の砂』の研究」（二〇〇四・二・四・おうふう）

まず内田イサホ氏の論考。「東海歌」の原風景は「三陸海岸」の釜石の濱だという新説である。啄木らの中学二年の修学旅行で釜石まで行っているから、確かに彼は足跡を残しているので「東海歌」の原風景を言う資格はある。だがこの当時は中学時代のことで、寺で両親の庇護のもとに暮らしていた時代であるから、この歌にある「泣き濡れる」要素は全くなかった。またこの旅行で「初めて海を見た。」とか「高田松原の美しさに感動した。」また「工藤医師に会ったことなど、」こうしたことは楽しかった証明にはなるだろうが「泣き濡れる」ような事柄ではない。東海とか、白砂、磯、蟹、などはたいした問題ではないと私は思っていて、この歌の重要なポイントは「われ泣きぬれて」にあると考えるので、この部分に相応しい場所が原風景でなければならないと思う。そう

した観点から言うと、「大森浜」が最有力であり、啄木が「汗に濡れつつ」で述べているように、「旅行中に見た海」はこの歌を作った頃にはすでに去り、「海というと予の胸には函館の大森浜が浮ぶ。」ということで、この文章によれば、彼の胸には大森浜だけがあるわけだから、旅行中に見た海は全部排除してもいいとさえ思うわけで、「東海歌」の原風景などは考えられない。「大森浜では過ぎた日を回想して新たな感慨に耽ったのではないだろうか。」と述べられているが、少々私は矛盾しているように思う。何でここに大森浜が出てくるのか、大森浜で釜石の浜を回想する必然性はまったくない。少年時代の旅行中に見た浜は、大森浜に親しんで以後、すべて啄木の意識からは消えているからである。また、

いたく錆びしピストル出でぬ
砂山の
砂を指もて掘りてありしに

この歌について触れ、「工藤大助はピストルを愛蔵しており」と言い、この歌との関連をほのめかしているが、ピストルを持っていただけではこの歌との関連にはならない。啄木が掘り出したのは「砂山」であり、砂山のあるのは「大森浜」だから工藤のピスト

ルとは関係ないものと思う。また次の歌では、

頬につたふ
なみだのごはず
一握の砂を示しし人を忘れず

「この歌のモデルは冨田小一郎先生ではないかと私は思う。」とあるが、なぜこの歌に冨田先生を持ち出すのか私には理解できない。このモデルの特定はきわめて困難であるが、冨田先生でないことだけは確かである。なぜならば、この歌は巻頭の二首目に入っているからである。巻頭以下の十首は全て大森浜での感慨を歌った歌群であるから、人物の特定は出来ないとしても、函館での啄木の友人の一人であると考えられる。

次に、米地文夫氏の、「東海」についての論考に移る。米地氏は専門的立場から、「東海」についてかなり詳細に論述されていて参考になった。「江戸時代までの日本では、固有名詞として北海は現日本海であり、東海は太平洋のうち、伊勢湾以東を指した。」とか「啄木は東海を岩手県沖など本州東方の太平洋を指して用いているのである。」などと述べられているが、私も以前から、「南海」が南の海であるごとく、「東海」を東の海つまり太平洋だという認識で、「東海の歌」の場合も「日本」のことだと読むよりも、

東の海つまり太平洋のことだと考える方が、啄木の意にかなった解釈を引き出せる、という意味のことを述べてきたので、その点では米地氏の考えと同様であるが、次の論考「石川啄木の詠う白砂と黒土」には問題があるように思った。「それは小島の『磯の白砂に』という表現である。普通なら小島の『岸の白砂に』とするはずなのに、わざわざ磯と記している。」（中略）「磯の白砂というと岩場の間に作られた小さな砂浜の白砂ということになる。とすると『磯の白砂に』は三陸海岸の大部分のような岩礁が続く釜石海岸のような小さな砂浜とみる方が自然である。三陸海岸には殆どが岩礁からなる小さな島も多い。」

米地氏のこの論考は私の「東海歌についての私解」を読まれた後の発言であるから、私の論旨をふまえた上で、自説を述べられたものと考えられる。とすると、拙論は否定されたと言うことになろう。私は「東海の歌」の原風景を論述するにあたって、心がけたことは、啄木の作歌当時の気持ちに添うものかどうか、という事と、自説を述べるにあたって、彼の文章から自説を補強する意味で、必要な文章をなるべく多く引用する事、であった。そうすることで読者に対する説得力が得られるだろうと考えるからである。

米地氏は地形や地質の専門家のようであるが、私などから見ると、そうした部分に少々こだわり過ぎているように思える。で、結局前記の内田ミサホ氏と同様に、「東海の歌」の原風景として「三陸海岸説」に同調しているようである。

啄木は中学の修学旅行で釜石までは確かに行っているから足跡を残している。したがってこの歌の原風景を言う資格のあることは前にも述べたが、はたして啄木が三陸海岸を念頭に描いてこの歌を作ったかどうかは別問題である。何故ならば、エッセイ「汗に濡れつつ」で「海といふと予の胸には函館の大森浜が浮ぶ」と言い、他の濱の名前は出てこない。その上、釜石の海岸について彼が記載しているものもないのである。と言うことは、原風景を証明するものがないということになりはしないか。その点、「大森浜」についてはいくらでも資料の提示は可能である。この事実からも、「大森浜説」が絶対優位に立っているもと考えられる。次に私が重視しているのは、「東海歌」の後になぜ大森浜での感慨を詠んだ歌が九首も続けて置かれているか？　という点である。しかも最後の五首は彼が歌集編集時にわざわざ作って巻頭以下区切りよく十首にしている。十という区切りはたまたまそうなったという数字ではあるまい。そこには作者啄木の意思によってなされたものと考えるのが自然だと思う。ならばここに彼が大森浜での感慨を結集しようと考えたという推測が成立することになり、この十首に入っている「東海の歌」は当然大森浜での感慨を詠んだ歌だということが言えるのではないか。米地氏は一応私の「磯」についての記述を引用しているが、氏は、「なお、井上は、啄木が砂浜も磯と認識していたと指摘しているが、小島を文字どおりに解した場合、私はやはり磯浜即ち岩場と考える方が妥当であろう。」と言う。私が啄木は磯を浜辺や渚などと同意語のように誤解していた、と指摘した。それは啄木が岩場の全くない砂浜を磯と書いているからである。その実例を歌、小説、ノンフィクションの旅行記などから抽出して示した。もし氏が三陸海岸の岩場の多い場所を「東海の歌」の原風景とされるのであれば、拙稿の「磯」の記述を否定し、啄木は磯の認識を持っていたという事実について確証を提示し、証明した後に自説を述べなければ「米地氏がそう思う」というだけのことで、私は納得できぬし、説得力もないのではないか。

次に指摘したいのは、「われ泣き濡れて」の部分である。啄木が三陸海岸へ行ったのは、中学生の時代であるから、子供の時である。その頃の彼には旅行中のことでもあり、「泣き濡れる」要素は全くなかった。したがって、この時の風景へ漂泊時代の感慨を重ねあわそうといった試みは、最初から無理なのである。その点、「大森浜」と「漂泊の悲しみ」とは同じ時代であるから無理なく重なるのであり、この点から言っても、「三陸海岸説」の可能性はないものと私には考えられる。最後に気になる記述があるので、その点について触れておきたい。「正解は一つではなく、複数の解が併存してもよいと思っている。筆者が前号で主張した『東海』固有名詞説は、本州東部から北海道南部までの太平洋岸を東海と呼んでいることに基づくもので、啄木の東海は、この間のどこを指していても良いことになるのである。」と言う。私はこれでは困るのである。氏は初めのほうで「三陸海岸説」を述べながら、後では東海の海岸なら何処でもいい、ということでは論理に一貫性を欠くことになる。私はやはり「東海歌」の原風景は一箇所でなければならないと思っている。なぜならば、啄木は作歌時「磯の白砂」という文句を詠む時に、必ずこれまでに見て最も印象に残っている何処かの海岸を念頭に置いていたはずだと思う。ならばただの一箇所であろう。彼が気に入った海岸と言えば、「汗に濡れつつ」で述べている「海といふと予の胸には函館の大森浜が浮ぶ」のであれば、この歌を作る時に、浮んでいたのは大森の浜辺であって原風景はやはり大森浜ということに限定していいように思う。したがって作歌時、作者の頭にあれこれ多くの浜の風景が浮ぶはずはないから、一箇所にしぼるのが正解であって、東海の海岸なら何処でもいいわけはないのである。

次に近藤典彦氏の「一握の砂の研究」で、私はその中の一章である、巻頭歌「東海の小島」考についての疑問を提示して私見を述べてみたい。「この歌が人口に膾炙したのはそのあるがままの解釈、あるがままの鑑賞に主としてよっている。」とし、その解釈は、「明るく青々と広がる東海、そこに浮かぶ緑なす小島の（東海の小島の）、岩の多い海辺のあざやかな（白）い砂地の波打ち際で（磯の白砂に）僕は泣きながら蟹とたわむれ、悲しみをまぎらわせることだ。」とあり、所謂「大森浜派」の解釈を述べているが、この解釈は啄木の歌集編集時の短歌観である「素直で飾らぬ歌」（「スバル」へ出した広告）ということで、詠われているままの素直な解釈であり、彼の短歌観に添う解釈なのだから、解釈が彼の意志に背くはずはないし、一般の読者もこの解釈を採用しているわけで、啄木の歌と言えばこの歌を挙げるほど、それこそ人口に膾炙しているのであれば、これ以外の解釈では、啄木の短歌観に添わぬことになると思うし、一般の読者の理解にも背くことになると思う。

だが近藤氏の解釈は全く別で、つぎのように述べられている。「この歌は二重の意味を持つことで魅力が倍加する。表の意味では感傷的な歌だが、裏の意味では微塵の感傷性もない。表の意味では非政治的だが、裏の意味ではきわめて政治的である。表の意味では叙情的だが裏の意味では批評的である。等々。巻頭・章頭という位置が歌にとてつもない複雑さをもたらしたのである。これを可能にした『一握の砂』という歌集は底知れぬ歌集である。」と言う。私がこの文章を読んだ時に思ったことは、なぜ短歌に表裏などを考える必要があるのかという疑問であった。短歌は言うまでもなく、五、七、五、七、七の三十一文字という少ない文字からなる詩である。したがって作者は作歌しようと思う主題に対して最もふさわしい言葉を選択しているのであり、満足いく結果が出れば、その歌は作者にとって完成作品である。ならば、動かすことのできない言葉によって満たされているわけだから、作者の想い、つまり主題はただ一つしかない。違う他の要素が入り込む隙はないのである。もし、裏だという別な想いがあるのならば、その想いで別に一首を作ればいい話で、旧作にかぶせる必要はないと思う。もともと「東海の歌」は明治四十一年の作であるから、まだ「明星調」の時代であり、編集時の思想とはかなりの開きがあるので、そうした歌に思想を持たせようとするのは、とうてい無理な話なのである。こうした発想は作歌経験のある人からは出ない発想だと思う。それは作歌時の想いを大切にしているからである。読者は自由な発想が可能であるが、それが作者の想いと重なるという保証はない。私は「東海の歌」から思想的な臭いを全く嗅ぎ出すことはできない。つまり、啄木が公表している「素直で飾らぬ」解釈だとは到底思えないからである。何度も書くようで恐縮だが、私は啄木が、「東海歌」の後になぜ大森浜での感慨を歌った歌を九首も、しかも歌集編集時にわざわざ五首も作って区切りよく十首にしているのかという点を解釈上重視している。なぜならば、十という区切りにしているのは「東海の歌」もその中に含まれていることを示していると思うからである。ならばこの歌は大森浜での感慨を歌った歌であると考えるのが自然であろう。したがってこの歌は「大森浜派」の解釈でなければ啄木の意志に添う素直な解釈にはならないと考える。この歌はこれで完結した歌なのだから、氏のように、完結したものに編集時の啄木の思想が変化しているからといっても「東海の歌」とはまったく関係のない話で、なぜそれが「東海の歌」を引き合いに出すのか、私には理解できない。大体左翼思想に関心のある人は、思想的な解釈へ引き寄せたがる傾向があるように思う。作歌時の啄木はこの歌について思想的な考えは全くなかったものと考える。ようするに近藤氏の解釈は、読み過ぎのように思われる。歌集「一握の砂」の巻頭歌を「大森浜派」の解釈で一般大衆にも支持されているものを、わざわざ破壊するような解釈は啄木とて喜ばぬことだろう。（参考文献省略）

啄木の筆跡について

啄木に限らず、誰の筆跡にも特徴がある。これは字の上手下手とは関係なく出るものである。したがって手紙などで、差出人の名前を見なくても、誰から来たのかは表書きを見ただけで瞬時に判断できる。筆跡で思い出すのが、啄木の晩年の友人であった丸谷喜市氏の場合である。彼は「覚書」の中で、啄木が妻節子宛の一通の手紙を丸谷の前に差し出したとき、その筆跡を一別しただけで、「その美しく、特色ある筆跡よりして、筆者が宮崎郁雨であることは私には一見して明らかであった。」と言っている。これは所謂「不愉快な事件」のひと駒であるが、この手紙には「美瑛の野より」とだけで匿名の手紙だったたと、妹光子は述べているが、丸谷氏は、字数三字の氏名が書いてあったと言う。だが啄木と郁雨の間には、啄木の生涯で最も多い七十二通という文通があった親友である。丸谷氏でさえ一見して解ったものを啄木や節子が解らぬはずはない。ならば匿名にする意味は全くないことになる。したがってこの二人の証言は信頼出来ないということになろう。こうしてみると、筆跡というのは重要な意味をもっていると言える。私は、書家でもなければ、筆跡の鑑定者でもないので、これから述べることは、自分なりの直感と人生経験による判断だから、少々身勝手な断定になるであろうということを最初にお断りしておきたい。

啄木の直筆か、または他人の筆跡かで、議論のある問題が二件ある。その一つは、「悲しき玩具直筆ノート」の後部に書かれた十七首の筆跡が全く違っていることに対して、これは別人によるものではないか、という疑問が出た。私もこの件に対する論考を数点読ませてもらったが、啄木の直筆とする者と、異筆の筆跡だという者に分かれていて、どちらにしても結論は出ていない状況にあるのが現状のように思う。しかし両者それぞれ自信を持たれての発言のようであるから、私はそれについての批判は控えることとし、以下私なりの考察を述べてみたい。そもそも人の顔にも各自違いがあるように、筆跡にも個性と言うか、癖は出るものである。これは性格がそう変化するものではないように、激変するようなことはあまりないように思うが、年齢と共に徐々に変化して行くことは当然ある。したがって若い時の書体と高年齢になった時の筆跡に違いの出ることは避けがたい。だが一、二年で変化することはないと思う。容貌にしても例えば、眼が似ているなどということはある、筆跡でもこの字は誰々の字によく似ているということもあろう。

私が初めて「悲しき玩具の直筆ノート」を入手して例の変化した筆跡の歌を見た時の直感は、この筆跡は啄木ではない。女性の字だという感じを持った。女性だとすれば、おそらく光子だろうと感じた。それは当時彼女が啄木の家に帰っていたということもあるが、光子が代筆したであろうと感じたのは、啄木の健康状態があまり良くなく、寝たり起きたりの生活を続けていた。書くことが面倒になっていたのも事実だと思う。それは、所謂「不愉快な事件」のあった頃でもあって、啄木の精神状態にも安定を欠く要素があったのではないか。このノートの筆跡の変わる前、三ページの啄木の書体を調べると、(図1) 従来の彼の字から見ても少々乱れが出ている。つぎに続く筆跡の変わった字体 (図2) というのは大変丁寧に書かれている上に、かなり上手な字でもある。同一人が書いたとすれば、この変貌の理由に疑問が残る。光子も節子も達筆ではあるが、私が一見して光子だろうと判断したのは、節子の字体は奔放で女性的というよりはむしろ男性的というほうが当たっていると思うからである。また他に母カツもいたが、母は字をまともには書けない人であったことは、「ローマ字日記」で啄木が明らかにしている。

「ヨボヨボした平仮名の、仮名違いだらけな母の手紙、予でなければ何人といえどもこの手紙を読み得るものはあるまい。」ということであるから、母の代筆は否定できる。またイネという女性も同居していたが、彼女に頼むくらいなら遠慮のない光子に代筆させるのが筋であろう。

このノートは啄木のものだから、本来ならば途中で代筆させる必要はない、最後まで自分で書くだろう、という考えもあるが、それならば何故書体を変えたりするのかという疑問も出る。書体は初めから最後まで一貫していたほうが美しいにきまっている。啄木の筆跡だとすれば、それも疑問となる。啄木というのは、元来器用な男であったから、字もなかなか味があって人々に親しめる字体である。彼が詩稿ノートに清書している字などは、ペン習字の手本にしてもいいような、通常手紙や日記などに書く、どちらかと言うと丸みのある字とは違って、丁寧で真面目に書いた、正常な字体になっている。彼はその気になれば何でもこなす豊かな才能に恵まれていた人物だったことも事実だが、この件の場合は少々無理なように私には思われる。これまで述べてきたことは、一応総論的で、これだけでは説得力に欠けるので、各論として筆跡の変わった十七歌について検討してみたい。私はこの筆跡を考える場合、筆跡の違う十七首と啄木の書いた従来の

図1　啄木の筆跡

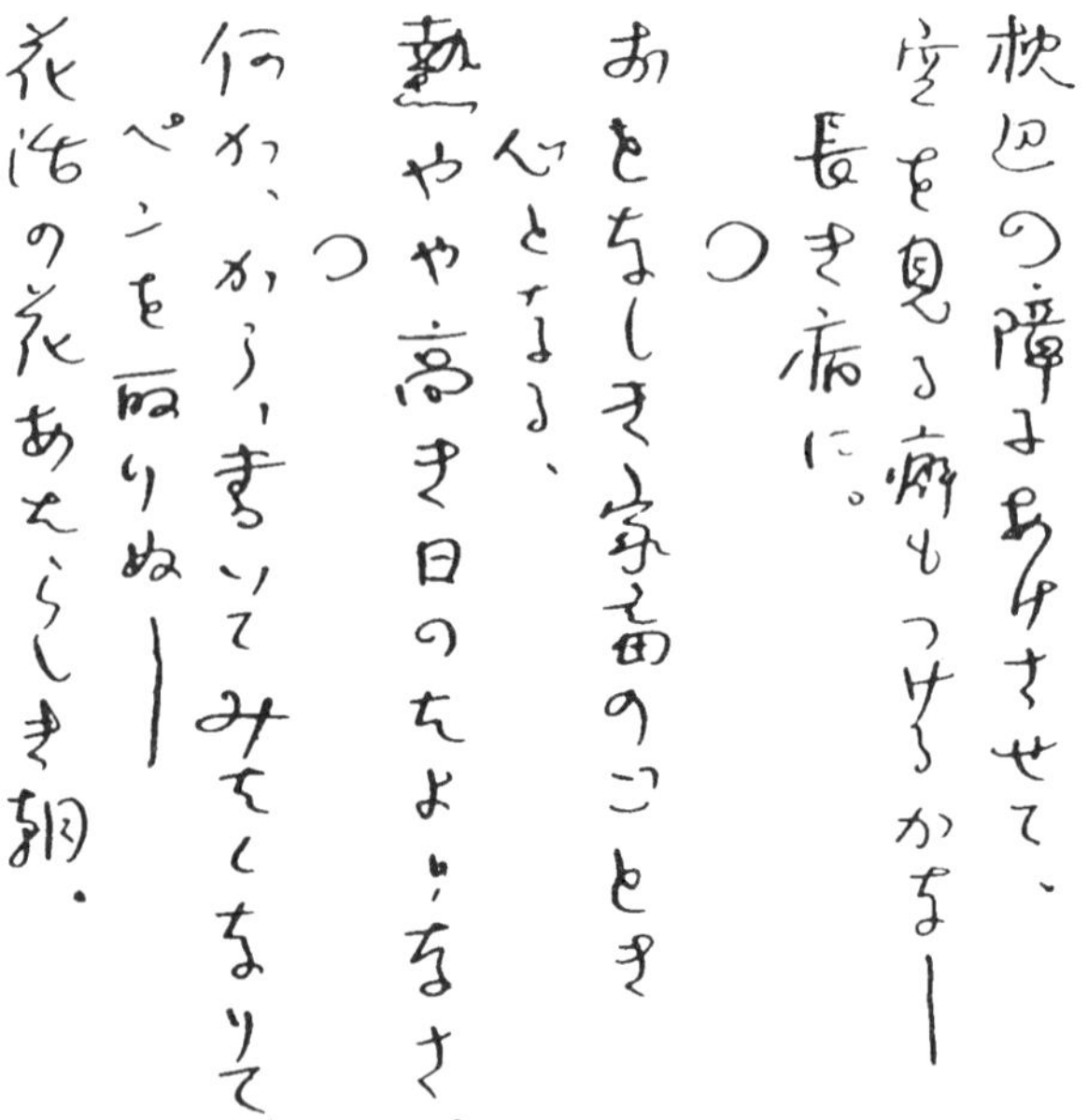
枕辺の障子あけさせて、
空を見る癖もつけるかな――
長き病に。
○
おとなしき家畜のごとき
心となる、
熱やや高き日のたよりなさ。
○
何か、かう、書いてみたくなりて、
ペンを取りぬ――
花活の花あたらしき朝。

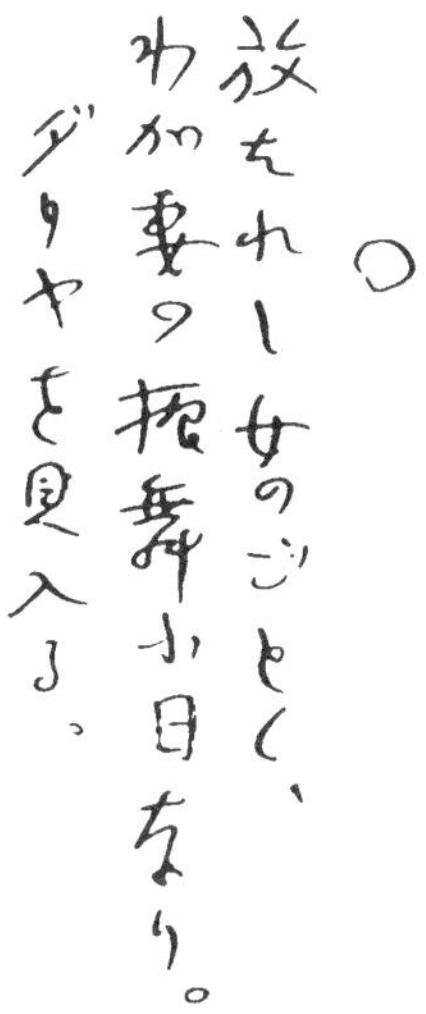
放たれし女のごとく、
わが妻の振舞ふ日なり。
ダリヤを見入る。

「ノート最後の疑問筆跡と啄木の筆跡」

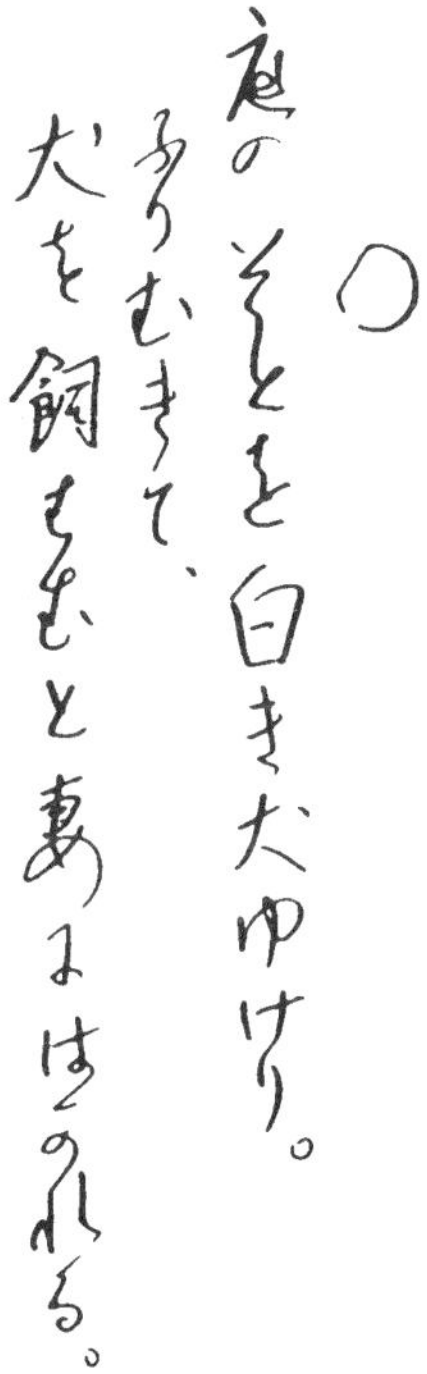
庭のそとを白き犬ゆけり。
ふりむきて、
犬を飼はむと妻にはかれる。

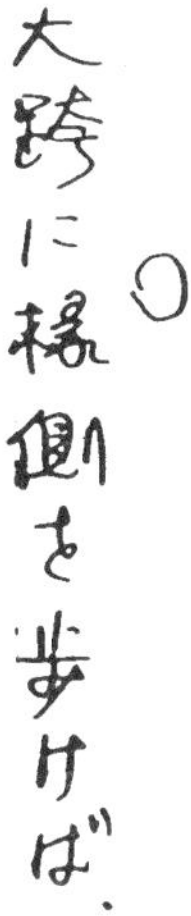
大跨に椽側を歩けば、

（この一行だけ啄木の筆跡）

「悲しき玩具」直筆ノート

図2　疑問の筆跡

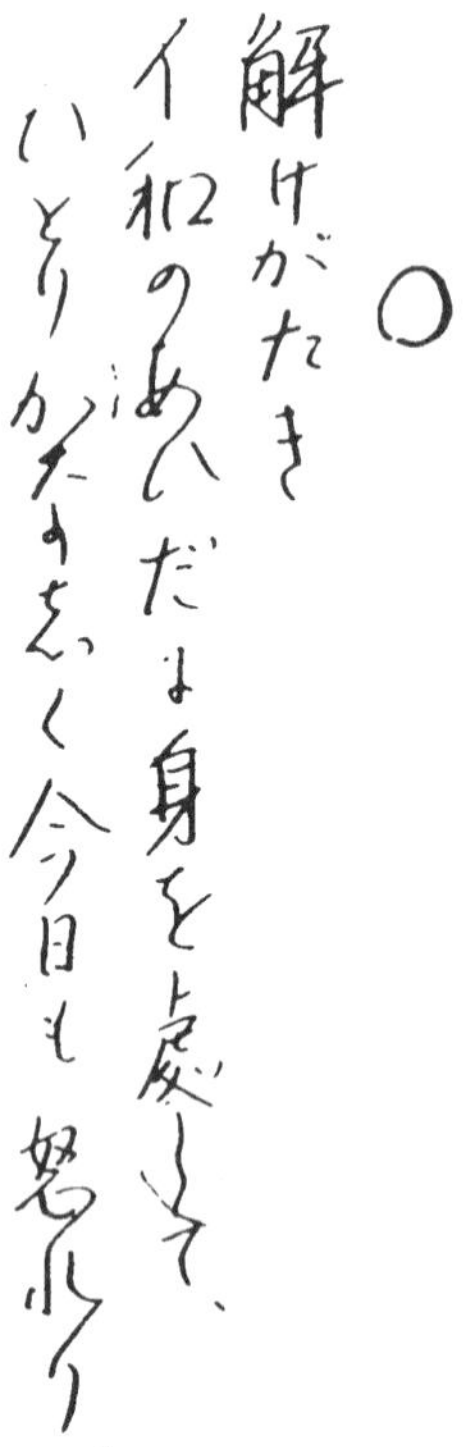
○
解けがたき
不和のあひだに身を処して、
いとりかなしく今日も怒れり。

○
猫を飼はば、
その猫がまた争ひの種となるらむ。
かなしき我が家。

○
俺ひとり下宿屋にやりてくれぬかと、
今日も、あやふく、
いひ出でしかな。

○
ある日、ふと、やまひを忘れ
牛の啼く真似をしてみぬ――
妻子の留守に。

筆跡とを比較してその字体に違いがあるかどうかを検討しなければならないと思うが、比較する場合、私は十七首に最も近い字体の変わる前の啄木が書いた十七首を比較対象として選んだ。それは書かれた時期に近い方が比較する上では有効だと思ったからである。私は、従来の啄木書体十七首と、変化した書体十七首との間で共通の文字を取り出して比較するにしても、たまたま似ていたという場合のあることを排除するため、三首の共通語を選択することにした。だが漢字で同様の字を双方から三種揃えることは、歌数を双方十七首に制限した関係で困難になった。それで平仮名なら、いくらでも使われているから割合簡単に集められると考えた。少数であればやはり不安を伴うので、十種の平仮名各三字を対象とした。（図3）この作業を終えて感じたことは、啄木の平仮名も、他の十七首から出した平仮名も三種はすべて書体が揃っている、ということである。啄木の仮名文字は他の十七首には一字も使われていないし、反対に他の十七首の平仮名も啄木の方には使われていない。文字というのは人それぞれに癖があり、これは手が覚えこんでいるから、自然に出るもので、あるいは無意識と言った方が当たっているかもしれない。したがって、意識して変えようとすればどうしても不自然さが残るのである。そうした視点で見てもこの双方は全く自然で疑問の持ちようがない。したがって双方を同一人の筆跡とは考えにくいということになろう。

それでは抽出した双方の平仮名の特徴の違いをみることにする。まず「な」であるが、上段の「な」は、下が、「の」になっているが、下段にはない違いがある。つぎの「に」について、上段は変体仮名風であるが、下段は普通一般に使う「に」である。「き」は字そのものに大きな変化は感じないが、上段は縦長であるが、下段は小じんまりとしている。「れ」は縦棒の部分が傾斜によるふくらみを持たせているが下段は真っ直ぐな棒状である。「む」については、上段は「む」の最下部が横棒状になっていて変化がないのに対して、下段の「む」は曲線状になっている。つぎの「を」は、中の部分に丸がつくられているが上段の「を」には見られない。「ひ」は、上段では文字の左右が離れているが、下段の「ひ」は離れていない。つぎの「は」では、縦棒が外側に少々ふくらみのあるのが上段で、真っ直ぐ内側に曲がっているのが下段の「は」である。「あ」には極端な変化は見られないようだが、よく見ると、上段の「あ」は前のめりの感じがあり、下段では直立状のように思う。最後は「た」であるが、上段は、点々が離れているが、下段では連続している。こうして上下を対比してみると、素人目にもその違いが明確であることが解る。以上述べてきたことからも、筆跡の変化した十七首は啄木の筆跡では

図3

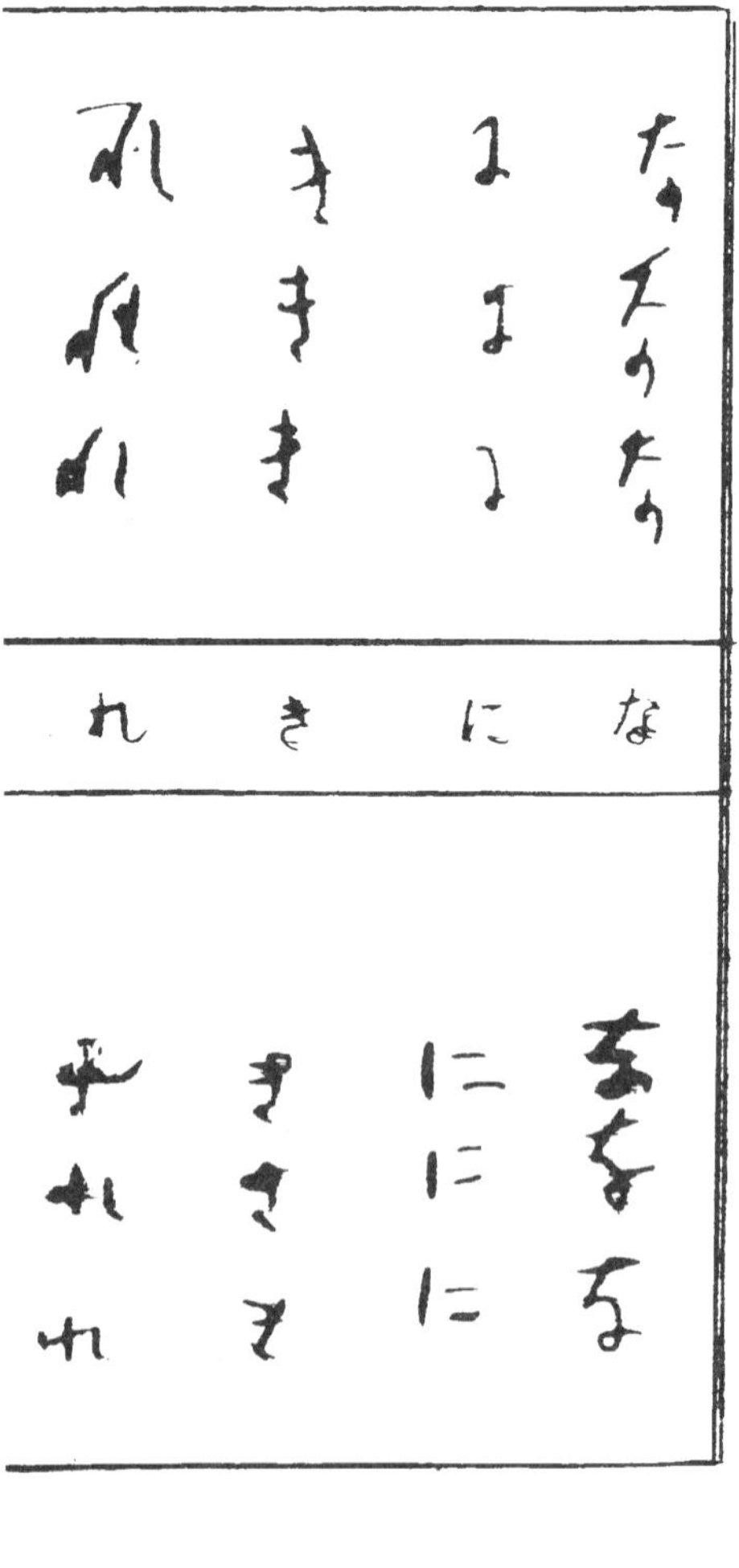

疑問の筆跡

啄木の筆跡

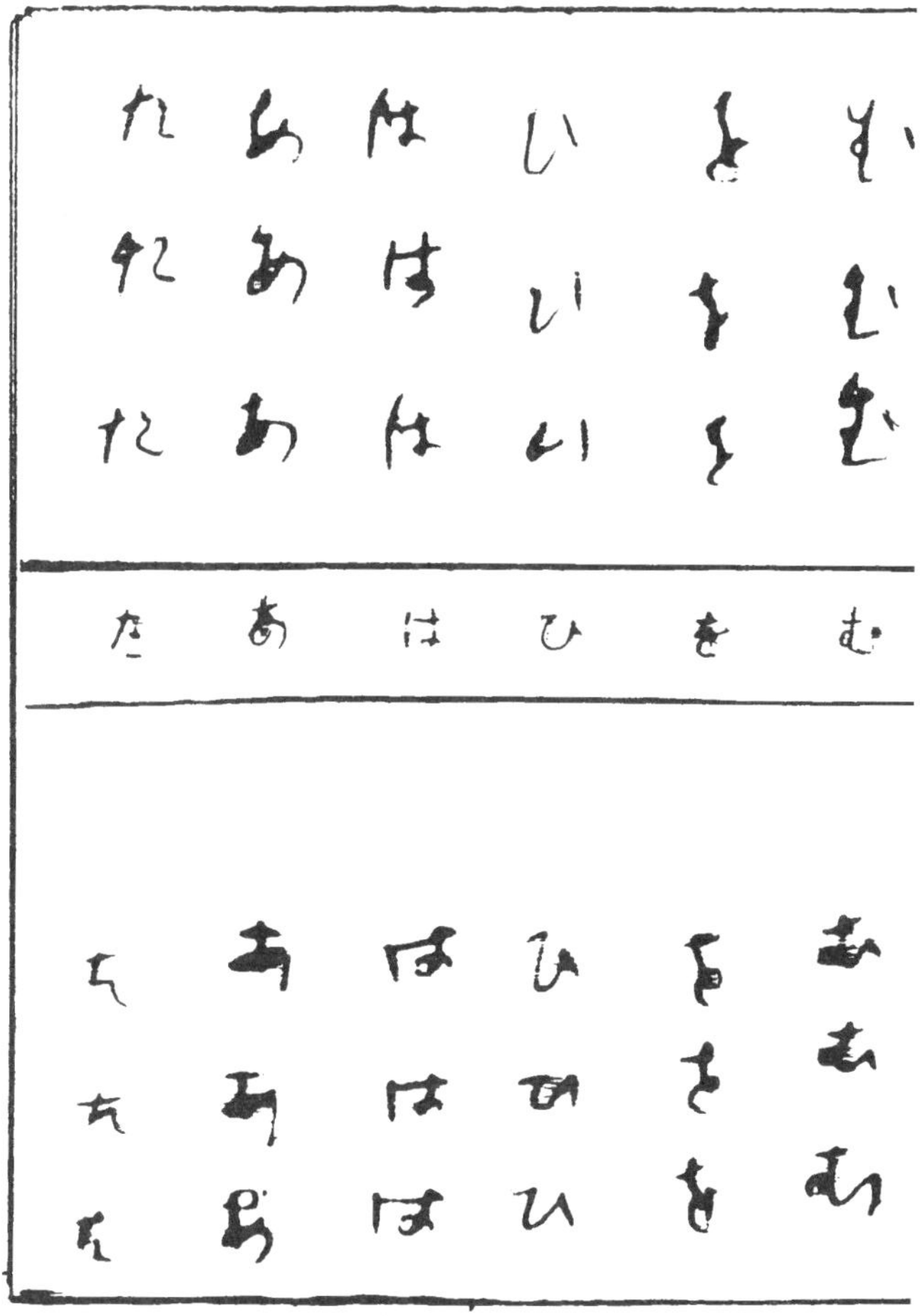
む を ひ は あ た

ないということが断定できると考える。本来ならば、筆跡の違う十七首を光子のものだと断定するためには、当時の光子の書体と比較検討する必要があることはわかっているが、残念ながら、その頃の書簡を用意することが出来なかった。しかし代筆だとするならば、その時啄木の家にいたのは、母カツと、節子、光子、イネであったから、前記したように、他の女性に可能性がなければ、残るのは光子である。後年になってからの光子の手紙は見たことがあるが、きわめて達筆であるという印象であった。この十七首の字体もなかなか美しい書体だと思う。したがって光子だと判断していいと考えている。私は長年啄木に関わっているので、その間啄木の日記、書簡、原稿などの筆跡を数多く眼にしてきたが、疑問の十七首にあるような筆跡を見た記憶は全くない。この事実からも啄木ではないと考えていいように思う。そして、あの十七首の最後に、一行だけ従来の啄木の字体で書かれているが、（図1）どうして最後まで十七首と同じ書体で書かなかったのか、という疑問が残る。それまで丁寧に書かれていたものが最後の一行だけ乱雑な字体に豹変するようなことは通常では考えられない。これはやはり、十七首を光子に代筆させた後に、光子は間もなく名古屋に帰宅したので、やもえず啄木が書こうとしたが、やはりうまく書けなかったので途中でペンを捨てたのだと考えるのが妥当であろう。でなければ一首を最後まで書くはずで途中で中止することはない。したがって、この十七首は啄木の筆跡ではないというのが私の結論である。

「参考文献」
「石川啄木全集」第七巻・昭五四年版・筑摩書房
「悲しき玩具直筆ノート」昭五五年復刻版・盛岡啄木会
吉丸竹軒「石川啄木の筆跡」みちのくサロン・昭・五〇・五・みちのく芸術社
吉丸竹軒「石川啄木の筆跡」平・五・六・創玄会
湯沢比呂子「石川啄木の筆跡考」岩手大学教育学部研究年報第六十巻二号（二〇〇一）
榊莫山「啄木の書」国文学・一九九八・十一・学燈社
菊池利勝「啄木の筆跡について」岩手大学教育学部公開講座抗議内容・石川啄木の世界
井上信興「啄木の筆跡」啄木断章・平・八・五・溪水社

古木巌宛の葉書の真偽

啄木の筆跡か否かについて、「悲しき玩具直筆ノート」の他に疑問とされているのがこの古木巌宛の葉書である。（図1）この葉書には啄木の署名はなく、「在渋民空腹坊」と書かれていることから、啄木の真筆かどうかが問題になった。この件については、盛岡市の松本政治氏と青森市の川崎むつを氏との間で論争になったことはよく知られている。この両者がそれぞれ鑑定に出した結果、松本氏の方は異筆だと言い、川崎氏の方は真筆だという結果が出たと言うことで、いまだに決着するに至っていないが、啄木の真筆だとする論者にしても、その根拠は薄弱だと思う。問題の葉書の筆跡について、私の印象としては、普段見慣れている啄木の文字とは少々違う感じを受けている。それは、啄木の字というのは丸みがあるが、葉書の字は縦長である。啄木の字体はほとんど単体で連綿は希である。だがこの葉書には五カ所に連綿が見られる。また啄木の字は揃っているが、葉書では大小様々といった乱れがある。

だが筆跡以外で私は一つの問題を提起しておきたい。それは彼らの徒歩によった距離である。前年の中学三年の修学旅行では、富田小一郎教師に引率されて、盛岡から一の関を経由し、三陸海岸に出て、太平洋岸沿いを北上して釜石に至るコースであった。このコースで彼らが徒歩によった区間を示すと、盛岡から水沢までは汽車を利用しているが、以後は徒歩によって釜石に達している。距離を調べてみると、水沢から一の関までが、約二十五キロ、一の関、大船渡間が約百五キロ、大船渡から釜石までは約三十五キロとなっている。これを合計すると約百六十五キロにもなるのである。この間、一の関、千厩、気仙沼、陸前高田、大船渡、古浜、釜石と、七泊もしている。百六十五キロを七泊で割ると、彼らは一日平均、約二十五キロ歩いたことになる。この前例に従って翌年の旅行を考察すると、好摩から彼らが出発したとして、好摩、毛馬内間が約八十キロ、毛馬内から十和田湖までが約三十キロ、十和田湖、三戸間が約五十キロ、そして三戸から好摩までが約七十キロある。この徒歩距離の合計は約二百三十キロにもなるのである。この距離を前年の旅行の例に従うと、日に約二十五キロであるから、これで二百三十キロを割ると九泊しなければならない。仮に一日約三十キロ歩くことにしても七泊は必要である。修学旅行などとは違って、個人の旅行計画としては少々疑問だと思う。という

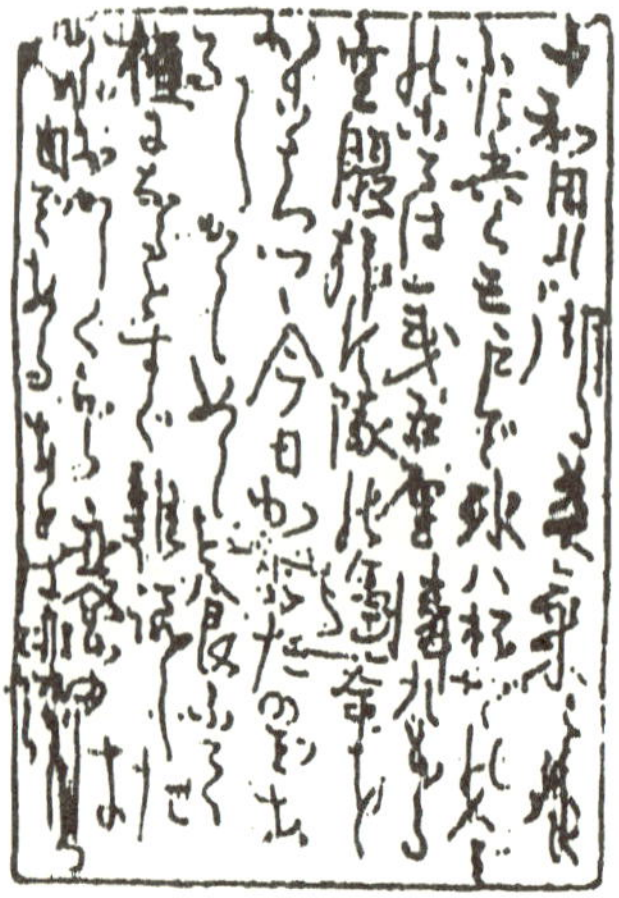

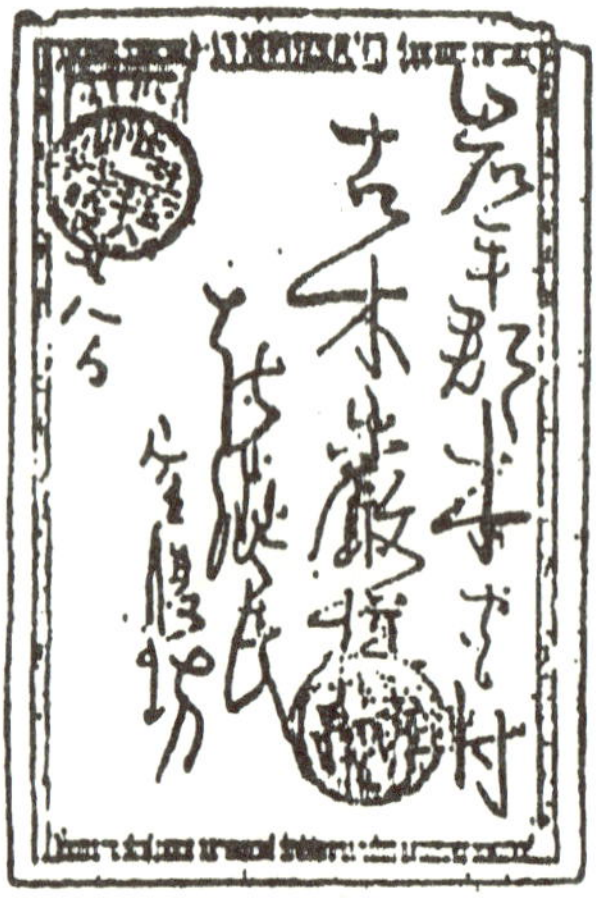

「筆跡に疑問のある古木巌宛の葉書」

「葉書の全文」

「十和田湖の湖に英気を養うた吾ら三戸で氷八杯づつのんで残るは一銭五厘憐れなる空腹旅行の運命をかこちつつ今日かへつたのであゝしかしめしを食ふて横になるとすぐ睡眠したのがおかしくなる変なのは人間であるあとは疲れがなほつてから」

のも、七泊とか九泊などといった大旅行ということになれば、かなり高額の宿泊費を必要とするからである。個人の中学生の旅行計画としては、いささか異常ではなかろうか。普通常識的な考えからすれば、二、三泊、多くても四、五泊程度なら、それでも多いようには思うが、納得するとしよう。仮に好摩十和田湖間を往復したとすれば、往路が百十キロあるから往復だと二百二十キロということになる。肯定者は現在の感覚で簡単に十和田湖へ行ったと言うが、啄木達はすべて徒歩によったものと考えなければならないのだから簡単な話ではないのである。前年の修学旅行でも徒歩距離は百六十五キロだったが、十和田湖へは往復二百二十キロにもなり六十キロも多いのである。これは四、五泊などですむ話ではない。修学旅行より二泊は加算しなければならない。そうした事実からも十和田湖行きに私は疑問を持つのである。肯定者達が私の提示した徒歩による距離に全く留意していないのはなぜなのだろうか、私はこの問題を考える上でかなり重要な要素だと思うのである。

またあの葉書の文章の中で疑問だと思うのは、「氷八杯づつのんで」とあるが、氷と書かれているのは氷水のことだと思うが、氷水などというものは、一杯だけでもかなり体が冷えるのに、八杯などはとんでもない話だと思う。こんな話は全く信用ができない。

そしてつぎに「のこるは一銭五厘」とあるが、私が三戸、好摩間を汽車にせず徒歩としたのは、残金が一銭五厘では持ち合わせの金はないものと判断したからである。ならば、汽車も利用できず、三戸、好摩間約七十キロでは、到底一日で歩くことは不可能だから、宿泊ということになるが、その宿泊費もなく、食事もできない。したがって、この葉書はいい加減な点が多く、事実を書いたものとは思えない。

私はこの葉書に書かれている内容に否定的なのは、前記したように、もし三戸へ出たのであれば、七泊以上が必要である点が問題で、十和田湖、三戸間は五十キロからあり、その間には山道があるばかりで、見物するようなものは何もないのである。何のために遠回りをするのか全く意味がない。したがって私は三戸方面には行った事実はないと判断している。啄木は、「錦木塚」に関する物語を事前に読むか、聞くかして強い関心を抱いていたのではないかと思う。で一度現地を訪ねてみたいと考えていたのではなかったか。それが今度の旅行の主たる目的だったと私には思われる。十和田湖観光が目的だったとは思えない。なぜならば、「錦木塚」については、長大な詩作品を残しているのをみても、彼の関心の高さが伝わってくるが、一方、「十和田湖」についての明確な作品はない。

湖なえて夕虹高し湖面は靄たちこめて五位鷺のなく

この歌にしても「虹」という題名であって「十和田湖」という題名にはしていない。したがって確かに十和田湖の歌だという確証はないのである。もし啄木が十和田湖旅行を目的にしていたのならば、作歌能力旺盛な歌人であるから、「錦木塚」に劣らぬ作品を残していてもいいと思うのである。それがないとすれば、十和田湖に行ったという事実は証明できないことになる。私の推測で言うと、同級生や一級下の小林たちに、啄木が十和田湖に行ったと言っているとすれば、「錦木塚」を見てきた、などと言っても、関心のない者にとっては興味のないことだと思うので、十和田湖に行ったと、友人には語ったのではないかというように考えられなくもない。

伊東圭一郎著「人間啄木」に田沼甚八郎の談話が掲載されている。それは啄木も田沼も東京へ出ていた明治三十八年の四月頃のことだったという。田沼が風邪を引いて下宿で休んでいる時、訪ねてきた啄木の話はつぎのようなものであった。「その時の石川君の話だったと思うが、『いつか十和田湖へ遊びに行って来たが、そこは世界に誇る名勝だ、何しろ何千年もの古い樹木が繁り、湖水の中に倒れ、それがまるで白竜が躍ってい るように見える。それは何ともいえない景観だ』と彼一流の表現でまくしたてたことだった。」という。私はこの談話から、伊東も田沼も啄木は旅行当時この両者に十和田湖に行ったことを話していなかったのだと、読み取ることができた。その理由は、伊東も田沼も啄木とはごく親しい関係にあった。とくに伊東は、ユニオン会の会員でもあったから啄木とは語り合う場は度々あったはずである。もし彼が、当時啄木から「十和田湖」に行った話を直接聞いていれば、自分の聞いた事実によっていくらでも書けるわけだから、何も田沼の談話を収録する必要はない。田沼にしても上京してからの話であり、在学当時の話ではない。したがって、この両者は在学当時十和田湖の話は全く知らなかったと断定出来る。普通の考えからすれば、親しい友人には旅行後、旅の感想をすぐに話したくなるのが当然の感情だと思うが、この二人は全く聞いていないということは、この談話を有力な証拠だとすることは出来ない。私の推察では、啄木が毛馬内あたりで、土地の誰かから聞いた知識を田沼に話しているのではないかとも思うのである。

前記したように、私は三戸に出る必然性はないと思うし、十和田湖へ行ったという可能性も、その証拠となる作品がないということになれば否定されてもしかたがないように思う。私は彼にとって関心の高かった「錦木塚」を訪ねて満足し、帰宅の途に着いたと考えるのが最も可能性があるように考えられる。この往復距離にしても百六十キロもあるのである。一日三十キロ歩けば、何とか五泊で帰宅できる計算になる。もし本当に啄木らが十和田湖に行ったのならば、さらに往復六十キロ、を追加しなければならない。当然のことだが宿泊費用の負担も徒歩による疲労も増加するのである。中学生の個人的旅行としては少々無理な気がする。彼の著作に全く十和田湖が出てこないということは、詩歌に優れた実績と才能を持つ彼には考えられないことだと私には思われる。したがって、啄木の真筆だとするのはともかく、葉書の記事には、私は納得出来ないのである。この葉書については、啄木の筆跡かどうかも重要には違いないが、私はその文面について、はなはだ疑問の多いことから、仮に啄木の真筆だったとしても、十和田湖に行ったという証拠としての信頼度は薄いと考えている。はたして彼らが十和田湖に行ったかどうかが重要な問題だが私はこれまで述べてきた理由から、啄木らの十和田湖訪問には否定的だと言わざるをえない。

つぎに、古木巌宛の葉書が、はたして啄木の筆跡かどうかについて検討してみたい。（図2）に住所の例と、文中の文字を出してみた。住所についてその相違を述べると、「岩手」の岩の山の書き方が全く違う。また「手」の書き方も違う、「郡」の最後の―

図2

「筆跡に疑問のある古木巌宛の葉書」

啄木の筆跡

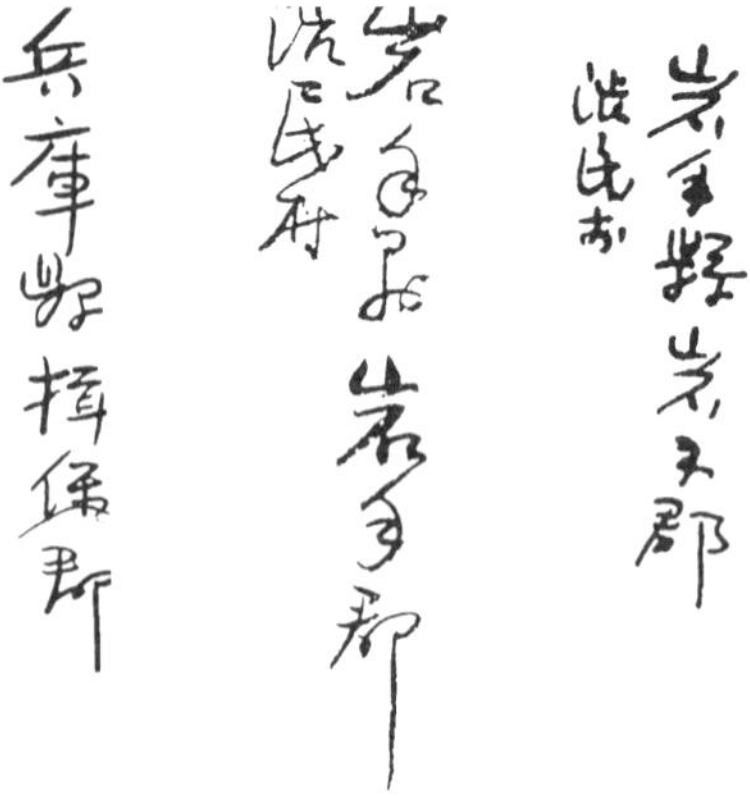

疑問の筆跡

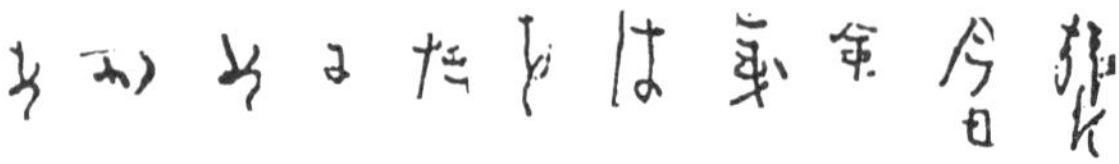

啄木の筆跡

の部分の特徴が顕著だ、啄木の―の部分は真っ直ぐに伸びているが、葉書では湾曲している。啄木にこうした湾曲した郡を見たことがない。文面について集字作業を終えての感想は、その差が歴然としているということであった。だから一字一字比較検討の必要さえないと思う。これは私だけの感想ではなく、誰がみてもこれを同一人の筆跡と思う人はないであろう。これまで私は、歩行距離、宿泊日数、あるいは十和田湖についての確実な作品、また記事そしてこの葉書の内容のいい加減さ、沼田の談話などについて述べてきたが、この事実に留意すれば、啄木らは十和田湖へ行っていないという結論になるのである。しかもこの古木宛の葉書が啄木の筆跡ではないとなれば、この葉書を唯一の手掛りとして、啄木らは十和田湖に行ったという人達の主張はすべて崩れ去るのである。したがって私の結論はこの葉書は偽物であり、これは何の証拠にもならないということである。また最近森義真氏によって提示された小林茂雄が野村長一に宛てた手紙に「石川一の君よりも御手紙うけて候、そが中に十和田の湖のことなども候へてき、そがあとに美くしきみ歌なども有之て、いかに面白く候べきよ」と書かれているようだが、私がこれまで考察してきた事実に照らせば、十和田湖へ行った可能性はほとんどないと思われるので、この手紙の内容も啄木一流の創作だと私には思われる。歌が書かれていたとしてもその歌がどのような歌なのかがわからない以上十和田湖を詠んだ歌だという保証はない。古木巖に宛てたこの明治三十四年七月二十八日付の葉書は、「石川啄木全集」第七巻（書簡集）に収録されているが、この「書簡集」の解説で、編集者の小田切秀夫氏は次のように述べている。古木巖宛の葉書は、「旧版全集編集のおり、編集者の一人であった石川正雄氏の提案により、新資料として収録したもので、（中略）編者の間でも果たして啄木の葉書かどうか問題になったが、『在渋民』『仁王』ということの書簡に書かれた発信地が啄木に関係の深い土地であり、また啄木と古木巖が友人関係にあったことから、一応啄木の新資料として旧版全集に収録した。（中略）現在の段階ではこの書簡の真偽を決することは困難なので、（中略）旧版のままとし、今後の調査研究をまって処置することにした。」という。私がこの解説を読んで意外に思ったのは、編集者がまだ啄木の書いたものかどうかを判断できていない段階にもかかわらず、啄木書簡として収録している事実である。啄木の書簡として収録するということは、啄木の真筆だということになるのである。これでは解説と矛盾することになりはしないか。もしどうしてもこの葉書を収録したいのであれば、書簡集の末尾に「参考資料」ということで加えるべきものだと思う。しかし私はこれまで述べてきたように、この葉書は啄木の真筆でないことが明確であるから、以後出版される「書簡集」からは削除すべきだと考える。

「参考文献」

「石川啄木全集」第七巻・昭五四年版・筑摩書房
伊東圭一郎「人間啄木」昭・三四・四・岩手日報社
川崎陸奥男「石川啄木と青森県」昭・四九・八・青森文学会
川崎むつを「啄木の十和田湖訪問」昭・五〇・五・みちのく芸術社
遊座昭吾「啄木と船越日記」国文学三巻四号・昭・三三・三・学燈社
昆豊「石川啄木の三陸沿岸修学旅行のエピソード」啄木研究二号・昭・五一・九・洋洋社
森義真「啄木の十和田湖訪問について」国際啄木学会研究年報・平・一四・三・国際啄木学会

文学碑雑感

調べたわけではないが、我が国ほど文学碑の多い国はないのではないか。啄木碑だけでも百六十三基（歌碑百四十五基、詩碑五基、記念碑十三基）になっているという。この現象はやはり、俳句、短歌といった他国にはない短詩型文学に由来する結果であろう。短歌、俳句といった形式はもともと字数が少ないことから碑に取り込み易い性格を持っているし、短歌、俳句を愛好する人口は膨大な数であることも無関係ではない。それにその土地に因んだ作品であればその土地の誇りにもなり、観光資源として一役担っている歌碑や句碑も全国にはかなりあるように思う。したがって我が国には文学碑が多量生産される土壌が備わっていると言えよう。ある調査によれば、我が国の文学碑の総基数は有名無名をとわず、およそ二万基あるという。この数値から一県あたりの基数を出すと、四百二十五基という信じがたい数値が出るのである。その中で最も基数の多いのは、俳聖といわれる松尾芭蕉で、全国に千八百基あるという。明治以降ではやはり俳壇の巨匠高浜虚子である。しかし百五六十基というから啄木と大差はない。さてこの文学碑なるものは、大別して二つに絞られる。その一つは、公共的場所に建立された碑。他の一つは、私的な場所に建立したものである。公的という場合は、一般から資金を募集したり、市町村が援助することもあると思うが、そうした多くの人の支援をえて建立する碑であるならば、当然その土地と何らかの密接な関係があって碑の建立が立案されるということであろう。建碑する場合に最も大切なことは、やはりその土地に関係がある作品ということでなければ建立する意味はないと言えるが、しかし多くの碑の中には、そうした無意味な碑もないわけではない。私は啄木に長年かかわってきた関係で、以下啄木碑に限定して述べるが、私が実際に見学した啄木歌碑は次の四十四基で、約三分の一であるに過ぎない。なお、よく知られた歌の碑についてはその歌を記した。

岩手県

盛岡市

1、「北上川河畔の歌碑」

やはらかに柳あをめる

北上の岸辺目に見ゆ
泣けとごとくに

2、「斉藤家入り口の歌碑」
かにかくに渋民村は恋しかり
おもひでの山
おもひでの川

3、「宝徳寺の歌碑」

4、「好摩駅構内の歌碑」

5、「好摩駅前の歌碑」

6、「ヤマザキストア前の歌碑」

7、「夜更け森園地の歌碑」

8、「盛岡駅前の歌碑」
ふるさとの山に向かひて
言ふことなし
ふるさとの山はありがたきかな

9、「天満宮の歌碑」
病のごと
思郷の心湧く日なり
目にあをぞらの煙かなしも
10、「天満宮狛犬の歌碑1」
11、「同2」
12、「岩手公園の歌碑」
不来方のお城の草に寝ころびて
空に吸はれし
十五の心
13、「丸藤菓子店前の啄木像と歌碑」
14、「下橋中学校の歌碑」
15、「富士見橋の歌碑」
16、「岩手銀行本店の歌碑」
17、「盛岡赤十字病院跡の歌碑」

18、「岩山公園の歌碑」
汽車の窓
はるかに北に故郷の
山見えくれば襟を正すも

北海道
函館市
19、「立待岬の墓歌碑」
東海の小島の礒の白砂に
われ泣きぬれて
蟹とたはむる
20、「函館公園の歌碑」
21、「大森浜の啄木像と歌碑」
潮かをる北の浜辺の
砂山のかの浜茄子よ

今年も咲けるや

札幌市

22、「平岸林檎園記念の歌碑」

23、「大通り公園の啄木像と歌碑」

しんとして幅広い街の

秋の夜の

玉蜀黍の焼くるにほいよ

小樽市

24、「橘家邸内林檎の碑」

25、「小樽公園の歌碑」

26、「水天宮の歌碑」

かなしきは小樽の町よ

歌ふことなき人人の

声の荒さよ

釧路市

27、「小奴の碑」
28、「幸町公園の啄木像と歌碑」
最果ての駅に降り立ち
雪あかり
さびしき町にあゆみ入りにき
（この像と歌碑は後に港文館前に移設された。）
29、「釧路停車場跡の歌碑」
30、「釧路新聞社跡の歌碑」
31、「啄木下宿跡の歌碑」
32、「喜望楼跡の歌碑」
33、「しゃも寅跡の歌碑」
火をしたふ虫のごとくに
ともしびの明るき家に
かよひ慣れにき
34、「本行寺の歌碑」

東京都

35、「蓋平館別荘跡の歌碑」

36、「切通坂の歌碑」

37、「等光寺の歌碑」

38、「朝日新聞社跡の歌碑」

39、「新幹線上野駅の歌碑」

ふるさとの訛なつかし
停車場の人ごみの中に
そを聴きにゆく

40、「上野商店街の歌碑」

青森県

青森市

41、「合浦公園の歌碑」

船に酔ひてやさしく奈れる

いもうとの眼見ゆ
津軽の海を思へば
上北郡
42、「十和田湖畔の歌碑」

広島県
三次市
43、「田島家の歌碑」
廿日市市
44、「井上家の歌碑」

以下、よく知られた啄木の歌を碑に採用している歌碑について感想を述べてみたい。

最初は「立待岬の墓歌碑」である。

私は啄木に親しむ以前から函館に居住していた関係で、当然のことながら、立待岬の啄木一族の墓歌碑は最初に見た啄木碑であった。一見してその豪華さに驚くと共に、一方彼の人生にそぐわない気もしたが、函館での友人宮崎郁雨がほとんど私財を投入して建立したことを後で知り、その友情にも打たれたのである。この墓は墓というよりも、歌碑としてよく知られている。

東海の
　小島の磯の
　　白砂に
われ泣きぬれて
　蟹とたはむる
（大正十五年八月一日建立）

歌集「一握の砂」の巻頭歌として人々の間に親しまれている歌であり、この一首によって啄木は現在の知名度を獲得したと言っても過言ではない。この立待岬という場所は函館山の突端にあり、高台になっているから、ここからの展望は啄木がこよなく愛した大森浜や砂丘が一望のもとに眺め渡すことができる絶好のポイントとなっている。郁雨の場所の設定は流石である。この「東海の歌」については諸説があるが、私はこの件についてこれまで、機会あるごとに大森浜を念頭に歌った歌であることを述べてきたから、ここでは繰り返さないが、他の土地を原風景だと言う論者も多いのである。しかしそれらの根拠について説得力は全くない。大森浜が原風景であれば、立待岬にこの歌碑を建立したのは当然の話であろう。

つぎは青柳町の「函館公園の歌碑」である。

函館の青柳町こそかなしけれ
友の恋歌
矢ぐるまの花
（昭和二十八年四月十三日建立）

この歌は作者自身によって場所が明記されているのだから、その場所に建立されたのであろう。啄木一家が函館で住んだ場所であればここの建碑は適切なものである。この青柳という町名はなかなかいいので歌に取り込みやすいが、もしこの近くの谷地頭（やちがしら）に住んでいたとしたら、はたして啄木は町名を入れたかどうか疑問だが、青柳町でよかったなどと思ったりもする。この家で啄木は友人達と毎晩のように集まっては文学を語り、恋を語っていたので、この歌はおそらく友の恋歌に啄木が関心をもったのであろう。なかなか美しい歌だと思う。

次は「大森浜の啄木像と歌碑」であるが、現在日出町に啄木小公園が出来ていて、啄木座像と歌碑が設立されている。ここは以前最も高い砂丘のあったところである。

潮かをる北の浜辺の
砂山のかの浜薔薇よ
今年も咲けるや
（昭和三十三年十月建立）

この碑がなぜ高大森の砂山があった場所に建立されたのかについて、啄木は高大森の砂山に行ったことはないと言う理由からこの場所にこの碑は適切でないといった意見もあるが、私は大森浜なら何処でもいいと思っている。この場所を設定したのは、たぶん宮崎郁雨だと思うが、彼は高大森で浜薔薇を見ていて、他の場所では見ていなかったのでこの場所を選択したのだろう。だが啄木はこの歌以外にも函館で作った長詩「水無月」で、

砂ひかる渡島の国の離磯や、

我は小貝を、我が母は、
若布ひろふとつれ立ちし
浜茄子かをる緑叢に
朝風すなる若き日の
あはれ水無月

と歌っているが、啄木は母を連れて浜に出てきたのだが、すでに六十過ぎの老婆であるから、遠い高大森の砂丘へ行くはずはない。おそらく近くの浜であろう。ここにも浜薔薇は咲いていたのである。ならば砂丘のどこででも咲いていたと考えていいのではないか。したがって私が大森浜なら何処でもいいと言ったのはこの長詩があるからである。従ってこの歌の碑を大森浜に建立したのは適切であったと言っていい。

つぎは、小樽の「水天宮の歌碑」であるが、

かなしきは小樽の町よ
歌ふことなき人人の
声の荒さよ

（昭和五十五年六月建立）

正直に言って、函館や、釧路と比べ、啄木は小樽では市民が誇りに出来るような歌を作っていない。したがって小樽で最初に建立した「小樽公園」の歌碑には、

こころよく
我にはたらく仕事あれ
それを仕遂げて死なむと思ふ
（昭和二十六年十一月三日建立）

という歌を歌碑に選択しているが、これは直接小樽に関係のある歌ではない。この歌碑については、市民投票を実施した結果「かなしきは小樽の町よ」が最多得票を獲得したが、やはり当局が市にとって好ましくないという理由から、「こころよく我にはたらく仕事あれ」を選歌したという。それならば、市民投票など実施する必要はなかった。「かなしきは小樽の町よ」この歌は確かに小樽にとって好ましい歌だとは言えないが、小樽と無関係な歌を選ぶくらいなら、この方がよほど意味がある。しかし「かなしきは小樽の町よ」にしても、私には、漁港の雰囲気が伝わってくるようで、歌自体は決して悪い歌ではない。この歌が気に入らぬのならば、なぜ選歌担当者が次の歌を選ばなかったの

か不思議にさえ思うのである。

子を負ひて
雪の吹き入る停車場に
われ見送りし妻の眉かな

この歌は啄木が釧路へ発つ雪の日の朝、小樽駅まで送って行った妻節子と子供の京子を詠んだ歌で、歌もいいし、小樽の歌であるから、関係ない歌を歌碑にすることはなかったと思う。しかし最近この歌が小樽駅のそばに建立されたという。小樽の歌碑としては三基目になるが、私に言わせれば、なぜ最初に気付かなかったのか、少々遅すぎたように思う。

次は釧路の歌について述べる。

現在北海道で歌碑の最も多いのは釧路市で、二十六基もある。だが同一規格のものが多く、歌が書かれているから歌碑には違いないが、むしろ啄木の足跡をたどる文学コースの案内標識といった役割が主目的のようにも思われる。したがって、私はこうした近年大量生産された同一規格の碑には興味がもてない。釧路で最初に見た歌碑は、啄木の立像とそれに連なって碑のある幸町公園に設立されたもので、かなり大きな碑である。

さいはての駅に下り立ち
雪あかり
さびしき町にあゆみ入りにき
（昭和四十七年十月十四日建立）

この歌は私の好きな歌である。厳冬の最果ての地に降り立った啄木の心中が思いやられるからである。当時の釧路は啄木が来る前年にやっと鉄道が開通したほどの僻地であったから、駅前といってもまだ人家はまばらだったに違いない。雪あかりにすかして見える風景は、なんともさびしき町に見えたであろう。歌碑の字は啄木と親しかった芸者小奴（近江ジン）が揮毫したとある。小奴には失礼だが、なかなかの達筆なのに少々意外な気がした。釧路の歌として有名なのは米町公園の歌碑であろう。

しらしらと氷かがやき
千鳥なく
釧路の海の冬の月かな
（昭和九年十二月二十六日建立）

私が釧路に行ったとき、この公園は整備中であった。そのためこの歌碑を石屋へ移動していて、公園にはなかったので残念ながら見学できなかったのである。それにしてもなぜ石屋に移動したのか、公園内に移動しても不都合はないと思ったが、後で石屋でなければならなかった理由に気付いたのである。それは、この歌碑には二カ所の間違いがあった。その一つは、「しらしら」の二つめの「し」が「じ」になっていて濁点がついているのと、もう一つは、啄木の離釧したのが、四月二日となっていたが、実際は四月五日であった。つまり公園を整地するこの機会をとらえて碑面の誤字を訂正修復のために石屋に持ち込んだのであろう。したがって現在の歌碑はその点が修復されたと思うが、私にはこの結果を見る機会はもう来ないであろう。

当然のことだが次は歌碑の最も多い盛岡市で、現在六十七基に達しているという。全国で実施された市町村合併によって、啄木の故郷玉山村渋民も盛岡市に併合されたことにもよるが、それにしても戦後大量に増加した。最初はやはり啄木の碑として第一号基である

「北上河畔の歌碑」

やはらかに柳あをめる
北上の岸辺目に見ゆ
泣けとごとくに

（大正十一年四月十三日建立）

この碑は当時北上の河畔にあったが、洪水などで流失の恐れがあることから、昭和十八年に現在の鶴塚啄木公園に移設された。この碑はかなり大きな碑で、啄木歌碑第一号基としての貫禄を備えているといっていい。この碑が建立された動機は渋民の人達による発議からではなかった。なにしろ「石をもて追わるるごとく」に啄木一家をこの村から追い出したのであるから、歌碑などを設立しようといった発議がなされるとは思えない。啄木にしても「故郷の自然は常に予の親友である。しかし故郷の人間は常に予の敵である。」また「予が学校に奉職しやうとした時、彼らは狂へる如くなってこれを妨げた」（渋民日記）と言う。両者が互に敵視しているようなことで、当時の渋民の大人たちの啄木に対する拒否反応は厳しいものがあったのである。しかし大正九年、小説家の江馬修が盛岡を訪れたとき、案内した学生に、「だれか篤志な人々が集まって、彼の生まれた渋民村か、好摩が原か、または北上川のほとりに啄木の記念碑をたててやるといいですね。」と話した。この作家はごく軽いつもり話したと思うが、この学生は真摯に受け取り、この話を聞いた早稲田の学生石川準一郎など、岩手出身の文学青年が「東京啄木会」を結成するに至った。続いて「盛岡啄木会」も発足して資金の募集に入るといった段階まできた。こうした若人の献身的努力によって啄木歌碑はふるさと渋民に建立されたが、私はそのプロセスに大変興味を覚える。江馬がもし、建碑の話を出さなかったら当然碑は建つことはなかった。そして案内したのが学生であったが、啄木の死後すでに十年ほどになっていたから、啄木一家が渋民を追われた頃にはまだこの学生も子供だったはずで、当時の状況をよく理解していたとは思えない。これがもし、村の年配者が案内人だったらどうだろう、話は聞いても実施に動くとはとうてい考えられない。啄木の名声はこの前年大正八年に土岐哀果によって「啄木全集」が新潮社から出版されて全国区になりつつあった。したがって岩手の若人達がこの話に飛びついたこともよく理解できる。つまりこの幸運が北上の建碑を実現させたと言っていい。もしこの時実現していなかったら、出来たとしてもかなり後のことになると思われるので、啄木歌碑第一号の栄誉を担うことは出来なかったのである。

つぎは「岩手公園の歌碑」不来方城跡に建碑されている。

不来方のお城の草に寝ころびて
空に吸はれし
十五の心
（昭和三十年十月五日建立）

この碑はがっちりした一見男性的な碑のように思う。金田一京助氏の揮毫になる。啄木生誕七十周年の記念碑として建立された。中学同級の伊東圭一郎氏の回想によれば、「啄木が教室の窓から脱出する芸当はまったくうまいものであった。先生が黒板の方へ向いて字を書き出すと、すばやく、あらかじめ開けておいた後ろの窓から、するすると音を立てずに、降りて脱出するので、先生には一度もみつからなかった。」とある。啄木は文学の魅力にとりつかれた頃であったから、学校の授業などはつまらぬものに思えてきたのであろう。教室を脱出しては城跡にきて感慨にふけっていたのだ。こうした態度であるから優秀な成績で入学しながら、年を重ねるにつれて漸次成績も下落の一途をたどったのは当然の成り行きであった。その結果は中学も卒業できず、待っていたのは貧窮と病苦の人生であった。

つぎの碑は、「盛岡駅前の碑」である。

ふるさとの山に向ひて
言ふことなし
ふるさとの山はありがたきかな
（昭和三十七年十一月十七日建立）

この歌碑は啄木五十回忌の記念として盛岡駅前に建立された。これもかなりの巨石を使っている。この碑は岩手山の方向に向けて対座しているが、その心遣いは流石だと思った。しかも駅前に建立したのは啄木にあまり関心のない旅行者の目にふれる機会も多いことだから、盛岡のためにも、引いては啄木のためにも有益であると思う。啄木がふるさとを愛していたのは事実である。「故郷の自然は常に予の親友である」と言い、処女詩集「あこがれ」に「此の書を尾崎行雄氏に献じ併て遙に故郷の山河に捧ぐ」と献辞しているのを見ても、啄木がいかにふるさとの山河を愛していたかがわかる。少々余談になるが、この詩集に、当時岩手県出身で東京市長の要職にあった尾崎氏の名が故郷の山河と共に、どうして此処に出てきたのか私は最初不思議に思った。啄木の生涯に目を通してみても、尾崎氏との接点は全くないからである。だが啄木が詩集出版の目的で上京し、有力な文学者を訪問して出版社の紹介を頼んだがすべては不調に終った。最後の手段として超大物の尾崎氏に頼んでみることにした。面識もなければ紹介状も持たずに訪問したにもかかわらず、尾崎市長は面会してくれた。私の推測では、尾崎氏に出版社の紹介を頼むにあたり、献辞に彼の名前を入れることによって、相手の気を引き、啄木への親近感を持たせることで、好意的な状況を引き出せるのではないか、と言った計算があったのではないかと考えるのである。しかし啄木の計算どおりには事が運ばなかった。市長は「一体勉強盛りの若い者が、そんなものにばかり熱中しているのはよろしくない。詩歌などは男子一生の仕事ではあるまい。もっと実用になることを勉強したがよかろう。といふ様な事をいって叱った。」(啄木の哄笑)ということで、すべてが不調に終わったのである。だが最後に、小田島尚三による高額の支援によって詩集「あこがれ」は出版できたのであるから、尾崎氏ではなく、小田島尚三に献辞すべきものであろう。

つぎは「東京都」の歌碑であるが、もっともよく知られているのは、

故郷の訛りなつかし
停車場の人ごみの中に

そを聴きにゆく

（昭和六十年三月十九日建立）

で、この碑は東北新幹線が上野駅まで開通した記念として、上野駅コンコース内に建立された。歌碑としては珍しい円形の鋳鉄製でこうした碑はここだけだろう。また屋内にあるのも他に例をみない。東北の人にとって上野駅は東北線の終点であるから、彼らの東京は上野なのである。私は戦前函館にいたので、東京に出るのによく東北線の夜行列車を利用したが、乗客の会話はほとんど東北弁なのである。したがって上野駅の構内は、東北弁がどこでも聴かれた。啄木はやはり多少の訛りがあったようだから、東京の人達と付き合うのにコンプレックスを持っていたかもしれない。上野駅に行けば、東北弁が聴かれるのでなつかしくもあり、慰められるのであろう。この歌の気持ちはよく理解できる。

上野駅前の商店街にも同一の歌の碑が昭和六十一年三月十四日に建立されているが私にはどうも賛成できない。私的なものなら別だが、公的な場所であれば、やはり違った歌を選択すべきで、同一の歌碑が近くに二基あってもあまり意味がないように思うのである。他に東京で取り上げる歌碑はないので、次は「青森県」にうつる。

「合浦公園の歌碑」

船に酔ひてやさしく奈れる
いもうとの眼見ゆ
津軽の海を思へば

（昭和三十一年五月四日建立）

私は学生時代、年に三回ほど青函連絡船を利用していたので、この歌はよくわかるし、なつかしさを感じる。戦前の連絡船は三千トンクラスの貨客船であったが、青森の湾を出て、海峡に入ると、このクラスの船でもかなり揺れるのである。船にあまり強くない私は、揺れ出すとすぐ横になるようにしていた。啄木が函館に渡った当時は、せいぜい千トンクラスの船だったと思うので、揺れも大きかったと考えられるから、船に慣れていない光子が酔うのは当然だったようにも思う。この歌は、青森に限らず、函館に建立されていたとしても不都合はない。というのは、酔うのは海峡に入ってからで、青森はすでに遠のいているからである。だがこの歌には海峡名の津軽という文字が入っているから、青森の方がふさわしいと言えよう。青森県には他に三基の啄木碑がある。「野辺地愛宕公園の歌碑」と「十和田湖畔の歌碑」そしてごく最近建立された「大間町の歌碑」

である。これらは私的な歌碑ではない。ならばそれらの歌とその土地の間になんらかの関係がなければならないはずである。だが残念ながら、これらの歌と土地との関係を証明出来る文献はまだないのである。まず「野辺地愛宕公園」の歌碑について、その不適切である理由は、

潮かをる北の浜辺の
砂山のかの浜薔薇よ
今年も咲けるや、

野辺地には啄木も度々来ていたし、海岸には浜薔薇も多くみられたというのが歌碑建立の理由になっているが、この歌は、「忘れがたき人人」の章の巻頭歌である。この章は言うまでもなく、北海道を歌った章ということになっている。したがって青森県とは関係がない。それに野辺地には砂丘もない。これは函館の大森浜の歌である。ならばこの歌の碑を野辺地に建立しても意味はないように思う。

次に、「十和田湖湖畔」の歌碑である。

夕雲に丹摺はあせぬ

湖ちかき草舎くさはら
　人しづかなり

この歌は「盛岡中学校友会誌」に発表した二首の内の一首であるが、題名が「にしき木」となっていて「十和田湖」とはしていない。そして「丹摺」は「錦木塚」の物語にでてくる言葉であるから、この歌は錦木塚での作歌であり十和田湖とは無関係である。したがって塚のある「毛馬内」に建立されてこそ土地との関係があり適切であるが、十和田湖では意味がない。そして「古木巌宛の葉書」に十和田湖が出てくるので啄木達が十和田湖へ行ったと主張しているが、この葉書は啄木の書いたものではない。（拙稿「古木巌宛の葉書の真偽」参照）したがって私は十和田湖へは行っていないと判断している。錦木塚の歌を十和田湖の歌だとして歌碑に選歌するのは無理なのである。

最後に「大間町の歌碑」にもふれておきたい。この件については何回か書いたと思うので、結論だけに止めることにしたい。

　東海の小島の磯の白砂に
　われ泣きぬれて

この歌は言うまでもなく啄木の代表歌である。この歌の原風景だと言って歌碑を建立しているが「大間に啄木が来たことがある。」と土地の人が言ったとか、大間町の前面にある弁天島という小島には、磯もあるし蟹もいるからこの島が「東海歌」の原風景だと主張しているが、そんな小島なら他にいくらでもあり弁天島に限った話ではない。また、「啄木が大間に来たことがある」と誰かが言ったのを検証もせずに取り上げるのであれば、「啄木は京都に来たことがある」と誰かが言ったとして、それを事実として取り上げるのと同じことなのである。風評をそのまま取り上げるなどは全く意味がない。第一に啄木は大間に本当に来たのかどうかを調査すべきで、その足跡が明確になった上で、「東海の歌」の原風景かどうかを考えるべきものであろう。啄木の書いたもので、大間とか弁天島などは一字も出てこない。この事実はこの歌と大間は無関係であると断定できる。ならば「東海の歌」の原風景だなど言って歌碑を建立するのは適切ではない。私が思うに、青森県でその土地に関連する歌碑は「合浦公園の歌碑」一基で他の三基はすべて適切なものではない。私的な場所ならばなにを建てようと勝手であるが、少なくとも公的な場所に建立するのであれば、明確な関連が実証されて以後、事にあたるのが普通の考え方だと思うが、青森県の場合は、根拠のないまま、既成の事実を作って、観光に利用しようといった不純な動機では、誤解を一般にまき散らすことになり、啄木にとっては、はなはだ迷惑なことだと思う。

最後に拙宅の庭に平成七年二月二十日に建立した歌碑について述べてみたい。我が家系にかって長年啄木に親しんでいた者がいたという証を残しておきたい、というのが歌碑建立の目的であった。全く私的な場所に建てるのであるから、制約はないわけで、自由な選歌が可能であるが、私には以前から歌碑に対する考えがあった。それは次の五つの条件である。

一、歌集「一握の砂」から選ぶ事。
二、これまで何処の歌碑にも採用されていない歌である事。
三、特定の場所を詠んだ歌でない事。
四、極端な破調がなく、格調を備え、内容に品位のある事。
五、啄木の人生の一端が表現されている事。

こうした条件にはたして該当する歌があるのかどうか、不安を抱えながら、「一握の砂」を一読した。そしてこの歌に出会ったとき、この歌以外に該当歌はないように思われた。

あめつちに
わが悲しみと月光と
あまねき秋の夜となれりけり

この歌は第三章「秋風のこころよさに」に収録されている。作歌は明治四十一年八月二十九日である。彼が金田一の下宿「赤心館」に同居させてもらって、小説に打ち込んでいたが、ことごとく金にはならなかった頃で、死の影さえ見え隠れしていたのである。こうした背景を念頭に置けば、軽い感傷などではなく、彼の挫折感、孤独感、といった啄木の想いが私にも伝わってくるのである。私がこの歌を読んだとき、初秋の夜の月光の下に悲嘆にくれる啄木の姿が私の脳裏に浮かび上ってきた。その時、前記の五つの条件に該当するのはこの歌以外にはないと思った。したがって十年以上経過した現在でもこの選歌については一応満足しているのである。しかし案外この歌は啄木関係者の間にも知られていないようで、秀歌として採り上げた人はごく少ない。その点私はいささか不満をもっているが、中原中也が私の好きな一首としてこの歌を提示していたのをみて、有力な味方を得たように思った。

「参考文献」

桜井健治「啄木のあしあと」一―七啄木研究・昭・五一・九・洋洋社
阿部たつを「啄木の歌碑雑感」啄木研究創刊号・昭・五一・三・洋洋社
浅沼秀政「啄木文学碑紀行」一九九六・二・㈱白ゆり
伊東圭一郎「人間啄木」昭・三四・五・岩手日報社
井上信興「薄命の歌人」石川啄木小論集・平・一七・四・溪水社
井上信興「新編・啄木私記」平・四・八・そうぶん社

「晩節問題」と「覚書」について

この問題はすでに諸氏によって色々と論じられてはいるが、私はまだ郁雨の談話以外で納得できる論考を目にしていない。この「覚書」の記述をそのまま信じる者と、疑いをもつ論者もあり、特定するのにかなり困難を伴う問題であるようにも思う。もともとこの「覚書」は、節子夫人と宮崎郁雨に関する「晩節問題」（不愉快な事件）について、函館在住の阿部龍夫氏（医師、歌人、啄木研究者）が丸谷喜市氏（経済学者）に対して、この問題について質問状を出し、その回答として書かれたものである。しかしこれより先の昭和四十年三月、丸谷氏の函館商業学校の後輩である行友（政一）氏を通じてこの件を質問した時の丸谷氏の返事は次のようになっている。「不貞というような不潔な問題は存在しなかった。不貞があったかの如く疑う人があることは、云かえれば啄木夫妻とその周辺の名誉を不当に傷つけるものである。」と述べ「小生としては、啄木夫妻の名誉のために、折をみて一文を草したく思っております。」とある。この回答の内容は郁雨と節子側に立って弁護していることが明確だが、後で述べる回答とかなりの相違があるので、記憶に止めておく必要がある。

それで阿部氏は、その一文の発表を期待して待ったのであるが、三年の歳月が流れても発表はなかった。遂にしびれを切らした阿部氏は昭和四十三年四月再び丸谷氏に質問状を送ったのである。その返信もなかなか来なかったが、一ヶ月後の五月になって届いたのがこの「覚書」であった。

ここで私は一般の読者の理解を得るために、この晩節問題（不愉快な事件）についての概略を述べておきたいと思う。この事件の発端となったのは、啄木の妹光子が、妻節子宛の手紙を兄に渡したときから始まった。光子は大正十三年四月十日から十三日にかけ「九州日日新聞」に「兄啄木のことども」という文章を発表した。その最終回「最後の痛手」という文章が問題の記述である。その中から必要な部分だけを抽出する。「それは啄木の妻節子さんの反逆です。それは妻へ宛たX地のさる親友の手紙です。妻が留守であったために、封を切ってみたのです。中から出て来たのは若干円の小為替証書と巻紙にしたためた手紙でありました。嗚呼啄木はその手紙を読まねば良かった。」「すべてのことがわかつたのです。妻は他に愛人を有していました。」この記事は熊本という地方新聞での発表であったために、あまり人々の注意を引かなかったようだが、昭和にはいって二十二年の四月十三日、光子の夫三浦精一牧師が、丸亀市で開催された「啄木を語る」という座談会で、「その不愉快なことは啄木の妻節子の貞操問題です。節子は啄木の妻でありながら、実は愛人があり、しかもただならぬ関係にまで入っていた。」といった内容で、これは衝撃的なものであった。この記事は全国紙の「毎日新聞」に掲載されたことから世の注目を集めた。三浦牧師は啄木とは全く接触がなかったから、ここで述べている「晩節問題」の内容はすべて妻の光子が伝授したことになる。その翌年（昭和二十三年四月）光子は「悲しき兄啄木」という著書を発表した。その中から必要な部分を引くと、「突然兄が、甲高い声で私を呼びたてるではありませんか。何事かと驚いて行って見ると、『怪しからぬ手紙がきた』と怒鳴りながら、手紙のなかから為替をとりだし、滅茶苦茶に破いている処でした。それは『美瑛の野より』と、ただそれだけ書かれた匿名の手紙でした。」「手紙の文句をみてゆくと『貴女ひとりの写真を撮って送ってくれ云々』といったことが書かれてあったというのです。『それで何か、お前ひとりの写真を写す気かと』声をふるはして噛み付くやうに怒り出し、今日限り離縁するから薬瓶をもって盛岡に返れ。」と言ったという。そして節子は髪を切って詫びたとのことだが、光子が数日後に名古屋へ帰る時にはいつものような仲のいい夫婦にもどっていた、とも述べている。光子の記述にはかなりの疑問点はあるが、ここでは一応置き、本論に入りたい。丸谷氏の「覚書」なる文書は、少々長文なため必要な部分だけを抽出することにする。

「覚書」・美瑛の野より、について、「明治四十四年（当時、私は一橋、専攻部の学生であった。）夏期休暇で、郷里、函館に帰省しておったときのことであるが、八月下旬に、啄木から手紙を寄せられた。内容は本郷弓町からの移転通知を主とするものであった。（中略）二度目に九堅町を訪ねたのは九月中旬である。啄木が、『ちょっと一緒に来てくれないか』と言ふのでついて行ったが、はひったのは近くの蕎麦屋であった。『これは君だけに話すのだから、そのつもりで聞いてくれ給へ。』といって一通の封書を私の前に置いた。見ると、それは節子さんに宛てたもので、封書の裏側には『美瑛の野より』とあり、次行に字数三字の未知の氏名が書いてあった。（具体的に何といふ名前であったかは間もなく忘れてしまった。）だがその美しく、特色ある筆跡よりして、筆者が宮崎郁雨であることは私には一見して明らかであった。(中略)「一両日前のことだが、節子が僕に隠して、手紙か何かを懐にしている様子に気がついたので、強く詰問すると、『宮崎さんが私と一緒に死にたいなど』……と言って、取り出したのが之なんだ。」これで問題の核心がわかったので、それ以上に手紙を読む必要はないと、私は思った。一つには、よその他人の手紙は成るべく読まないといふことが、私の方針であったからである。(以下省略)昭和四十三年五月六日。

この「覚書」は阿部氏が丸谷氏に質問状を送ってから、回答がくるのに一ヶ月を要している。普通に考えれば、十日から二週間もあれば十分返信は可能な日数だと思うが、何故これほどの日数がかかったのかについて、私は次のように考える。郁雨からの節子宛の手紙を目の前に差し出して「読んでみてくれ」といわれれば、まず拒否する人はないと思う。「他人の手紙は読まないのが私の方針だ。」というのは、無断でというのならわかるが、読むように言われて読まないのでは話が前に進まないのだから、丸谷氏にしても読んだと判断すべきであろう。だが読んだと返事を出した場合には、阿部氏から必ず、光子が述べている、「貴女一人で撮った写真を送れ」といったことが書かれていたかどうかについて質問のくることが予測されることから、読まなかったことにしたほうが無難だと考えられたものと、私は判断する。また私の推察では、すでに光子が著書でこの晩節問題を提起しているのだから、彼女のこの件についての記述を否定することも出来ず、おそらく一ヶ月の日数を必要としたのは、阿部氏への回答をどう書くべきかについて、光子と相談したのではないかと私は考えている。というのは、光子の著書に丸谷氏が「啄木と私」という文章を載せていることから、この著書の内容に反する記述をすることは出来ないといった配慮があったものと思う。したがってこの「覚書」では啄木と光子側に立った記述にならざるをえなかったものと私は思う。これは丸谷氏の真意とは違う。何故ならば、前に私が記憶しておく必要があると書いたこの件で、行友氏に返事した文章があった。再び引くと、「不貞というような不潔な問題は存在しなかった。不貞があったかの如く疑う人があることは、云いかえれば啄木夫妻とその名誉を不当に傷つけるものである。」と延べているからである。この記述は明らかに郁雨や節子側に立った記述であろう。丸谷氏は郁雨とは函館商業学校での学友であり、彼がそのような不純な行為をするような人格でないことを知っているから、断固たる態度で否定したのだと思う。しかし氏は阿部氏に「覚書」を送った。この内容は氏の真意ではない。ここで氏は重大なミスを犯したと思う。なぜならば、この内容を信じる人がいるからである。また氏の百八十度の転換は、氏自身の人格に関わる問題でもある。私はこの時、丸谷氏のとるべき態度は一つあったと思う。それは阿部氏への返信として、次のように書くべきだったのではないか。「この件についてお答えするといろいろと支障が生じますのでご容赦下さい。」といって断ればよかったのである。またこの返信は阿部氏への私信であるから、丸谷氏の許可なく対外的に発表されることはまずない。だが丸谷氏はどういう考えからか、一年後に「大阪啄木の会」の機関誌「あしあと」二十号に「覚書」全文を発表されたのである。しかも一部を訂正してあった。訂正された部分は極めて重要な意味を持つと思う。阿部氏へは、「およそ他人の手紙は読まないと云ふことが私の方針であった」としながら、「あしあと」ではこの部分を抹殺し、「私はざっと愚目するにとどめた」と訂正されているのである。この訂正は丸谷氏の記述に対する信頼性を左右することになる変更だと考える。なぜならば、節子の手紙を読まなかった理由まで述べながらここでは、ざっとではあるが読んだと云っているからである。これでは全く正反対の証言をしていることにはならないか。氏は節子の手紙を実際に読んでいるのならば、光子の記述が事実か否かを明確に判断出来る立場にあった。したがって彼女の記述が虚偽に満ちたものであることを知りながら、事実を発表できないという丸谷氏に、私は多少の同情はしていたのであるが、「覚書」を対外的に発表されたことによってその想いは一変した。それは、「覚書」の内容が真実を全く述べたものではないからである。しかも啄木がこう言ったという程度の証言に終始し、自身が読んだ内容については何も語ってはいない。たとえば、「貴女一人の写真を撮って送れ。」といった文句が書かれていたかどうか、といった重要な事項には全く触れていない。これでは証言価値はないに等しい。むしろ、光子には有利な証言にはなっても事実を知りたいと思う者にとっては何の役にもたたないうえ、問題を複雑にするだけである。しかし丸谷氏にしてみれば、阿部氏に送ったのが、昭和四十三年五月で、「あしあと」に発表したのが、翌年の四月であるから、その間約一年である。その間に変更を可能にする状況が発生した。それは阿部氏に返信した五ヶ月後の十月二十一日に光子夫人が逝去されたからである。これまで光子に対して遠慮勝であったが、ある程度の訂正も気にせずに出来るようになったことから、「他人の手紙は読まないのが私の方針だ」といった虚偽の記述を捨てて、「ざっとではあるが読んだ」という記述になったものと私は推測する。しかし氏は、「大阪啄木の会」からの熱心な要請によって発表に至ったもので、氏には積極的に発表しようといった意志はなかったと思う。

　ここで当事者である郁雨の証言を出してみたい。これは阿部氏が郁雨から直接聴取した証言である。「その頃野営演習で、七週間ばかり招集されて、美瑛の野に行って居て、そこから節子さんに手紙を出したことはあるが、それは節子さんから、病気が悪いと云ってきたのに対する返事である。二年前の私の結婚のとき、盛岡へふき子を迎えに行って、東京から来た節子さんに逢った村上の叔父、『節子のやつ変な顔をしていたぞ、あのまま置くと死んでしまうぞ、』と云った言葉が耳に残っていたので、病気がよくなければ、一日も早く実家の堀合へ帰って養生するのが一番だ、とすすめてやったのであった。『写真を送れ』などと云ってやったことはない。節子さんは家内の姉なので写真がほしければ家内に貰わせることができる。啄木が私の手紙を見て、ひとの家の中まで干渉すると、えらく腹をたてているということを親友の一人が知らせてよこして、あまり節子さんに手紙を出さぬ方がよかろうと忠告してくれた。」と述べている。この証言には全く疑問を感じないのは私ばかりではないと思う。やはり真実が述べられているからであろう。虚偽の証言からはどうしても矛盾や疑問点が出るものである。「貴女一人の写真を撮って送れ」にしても、そのような事実のなかったことを明確に証言している。光子の記述がいかに出鱈目なものか、ということがわかるし、「節子と一緒に死にたい」などと述べている丸谷氏の証言にしても全く信頼できるものではない。これは阿部氏も指摘していることだが、光子は手紙の裏面には、「美瑛の野より」とあるだけの匿名の手紙だったと言っているが、丸谷氏に石井勉次郎氏がこの点について質問したら、「美瑛より」だったとはっきり言い切った。としながらも、「覚書」には「美瑛の野より」と書かれているのである。そして次行に字数三字の未知の氏名が書いてあったという。郁雨は匿名ではない、と証言しているが当然であろう。筆跡を見ただけで郁雨の字だとわかるものを、匿名にする理由は全くないのである。また光子は手紙を啄木へ渡したといい、丸谷氏は節子が懐にしていたという。こうした虚偽に満ちた証言を基本に据えて立論すると真実を見失うことになる。私は丸谷氏が真実でもない「覚書」をなぜ対外的に発表される気になったのか、阿部氏のもとに止めておけばよかったのだ。その点ははなはだ残念に思うのである。なぜならば、こうした真実でない内容の文書が出回ると害はあっても益はないからである。そうした被害者だと思う研究者の一人に石井勉次郎氏がいる。氏は著書で、「晩節問題」にはかなりのページをさいているが、その大部分は郁雨、阿部両氏の糾弾に終始し、郁雨の証言には耳をかさず、光子、丸谷氏の証言を採用して立論しているのである。光子、丸谷両氏の証言には数々の疑問点なり、虚偽に満ちた文書であると考えるのに、石井氏ほどの文学者が疑問も持たずに信用されるのが、私には不思議にさえ思うのである。したがってその結論には、到底私などの納得いくものにはなっていない。石井氏の結論は次のようなものである。「真相暴露に立ち上がった三浦光子の公表文書は、すべて中傷論として葬り去られ、長い間、『臭い物には蓋』の状態が続いたが、（中略）遂に丸谷氏の『覚書』が発表され、『匿名の手紙』が確かに存在したこと、しかもその内容が、ただならぬラブレターであったことが証明されて、ようやくこの問題には終止符が打たれた。」という。この結論で、「晩節問題」に関心を抱く研究者を納得させることが出来ると考えられているのであろうか。石井氏が勝手に終止符を打っただけの話ではなかろうか。私は郁雨の証言が最も正確で疑問のないものだと考えるのである。

「参考文献」
三浦光子「兄啄木の思い出」一九六四・一〇・理論社
阿部たつを・新編「啄木と郁雨」昭・五一・一〇・洋洋社
「金田一京助全集」十三巻・一九九三・七・三省堂

天野仁「追悼・丸谷喜市博士」一九九六・一〇・大阪啄木通信一二号
石井勉次郎「私伝・石川啄木・暗い淵」昭・四九・一一・桜楓社
宮守計「晩年の石川啄木」昭・四七・六・冬樹社
小坂井澄「兄啄木に背きて・光子流転」一九八六・一〇・集英社
堀合了輔「啄木の妻節子」昭・五六・六・洋洋社
沢地久枝「石川節子」一九八一・五・講談社
井上信興「薄命の歌人」石川啄木小論集・平・一七・四・溪水社

梅川操と釧路新聞

―小林芳弘「石川啄木と梅川操が釧路を離れた日」についての疑問―

本論に入る前に一言だけ述べておきたいことがある。

私は書簡や書籍でも、受領した場合には早ければ翌日、遅くとも二、三日中には返事なり受領通知を出すように心がけている。それは、返事がなかなか来ないと、届いているのかどうか、あるいは、何か気にさわったことでもあったのか、などと、相手に無用な心配をかけては申訳ないと思うからである。しかし、世の中にはそうしたことにあまり気を使わない人もあるようで、全く返信なり受領通知をくれない人も、これまでの経験ではかなりあるのである。これはなにも難しいことではなく、通常のエチケットなり常識であろう。このようなことをわざわざ書かなければならないのも情けない話だが、相手への思いやりが必要だということであるが、これは私に限った話しではなく、他の人々にも共通することであろう。あえて冒頭に述べさせていただいたのも、これから述べる小林氏のケースがあったからである。

小林氏の論文「石川啄木と梅川操が釧路を離れた日」（国際啄木学会研究年報1）について私が疑問に思った点が二件ほどあった。それで学会盛岡支部の会員森真義氏に、質問状を小林氏に渡してくれるように依頼したのである。しかしその返事は全く来なかった。そのうちに、「盛岡支部会報」を見ていると、月例研究報告（五十四回、平・一三・四）に、私が小林氏に出した質問に対して、月例会で反論したという記事を読み、なぜ本人に返事もせずに、私信として出したものを月例会などで反論する必要があるのか、この非常識な行為を不愉快に思った。それで再び小林氏に森氏を通じて解答を求めた。しばらくして返信を受け取ったが、私の満足できる内容ではなかった。あとで聞いた話だが、直接本人に出さずに森氏に依頼したのが気に入らなかったようだが、私としては、小林氏とはこれまで面識もなく、文通もなかったので、森氏に仲介を頼んだまでで、それがどうして不愉快なのか私にはその気持ちが全く理解できない。かりにこの反対の場合、つまり小林氏が森氏を通して私に質問状を送ったとしても、私は彼と交際がないから森氏に依頼したのだろうと思うだけで、不快だとは全く思わない。小林氏のとった行為は、本人を埒外において、反論などしているのだから、いわば欠席裁判のようなものである。

これでは私の立場はないわけで、とうてい我慢の限界をこえていた。したがって私も、小林論文の反論を綴り、盛岡支部の月例会で会員諸氏に配布してほしいという希望を述べて許可を頂き、反論資料を配布したのである。これだけ述べて本論に入りたい。

今回はその配布原稿をもとに私見を述べる。小林論文で私が疑問を感じたのは次の二点であった。その一点は、梅川操が釧路を離れた日について、梅川自身が語っているのは次の三件である。

イ、「啄木が釧路を去る五日前」（「北海道新聞」昭・三〇・一一・九）、

ロ、「三月の月末には私は上京して釧路にはいなかった。「北東新報」の小泉さんが東京に発って間もなくお友達と一緒に雲海丸に乗って上京し釧路にはいなかった。」（石川定・「釧路で啄木を語る」）

ハ、「釧路新聞に出ていた予の退社広告を見て出て来て予に逢ったと話す。」（啄木日記）

小林氏は、イ、とロ、の二件について論断した上でこれらを否定し、梅川が離釧したのは四月九日から十日にかけてであろう、と推察している。

啄木の退社広告の出たのは四月二十五日であったからその朝、梅川が釧路で啄木の退社広告を見て、もし四月の二十六、七日に横浜へ出航する船があれば、二十九日に東京

で啄木に逢える可能性が残されていると思うので、四月二十六、七日に横浜へ出港する船の有無を調査する必要があるのではないか。小林氏は何故か、イ、とロ、については検討しているが、ハ、についてては全く触れずに自説を述べている。通常はイ、ロ、ハの全部を検討した上で自説を述べるべきではないか。この質問に対する小林氏の返事は次のようなものであった。

「このような仮定が一体どこから出てくるのか私の方が知りたい。女は……釧路新聞に出ている予の退社の広告を見て出て来て予に逢ったと話す。この部分の読み方の問題です。」また、次の質問、

二、「釧路新聞に出た啄木の退社広告を梅川が東京で見ることは不可能である。」これについて氏は、「どうしてこのような断定ができるのか、私は東京で釧路新聞を見ることが出来たと考えている。梅川と佐藤衣川の関係が正しく理解できていないのではないか。」という。次に、私の考察を述べてみたい。

一、について。小林氏は「この部分の読み方の問題だ、」ということだが、私には、「釧路新聞」を、釧路で見たとも、東京で見たとも読める。それは梅川が、どこで読んだとも言っていないからである。小林氏は東京で読んだというのが前提になっているようだ

が、それは、佐藤衣川が梅川に関心をもっていたから、佐藤が釧路新聞を梅川に送ったであろう、と考えているからだろう、だがはたして東京で釧路新聞が読めたであろうか。私の結論は不可である。小林氏が東京で釧路新聞が読めたと考えるのは、金田一京助氏に釧路から啄木が出した書簡（明・四一・一・三〇）で、「五、六日目に着く東京の各新聞見る毎に」と書いていることから、退社広告の出た四月二五日と東京で啄木が梅川と逢った二九日との間が五日間、という数字と一致しているからだと言うのだが、これは氏が日数が合うから東京で釧路新聞が読めたと考えたのだろうが、そう単純には答えは出ないのである。それは、新聞社が新聞を東京から地方へ発送するのと、個人が釧路から東京へ新聞を送るのでは少々事情が異なるのである。新聞社は地方別に区分したものを直接輸送機関へ持ち込み発送を依頼する事ができるが、個人の郵便物は一応ポストに投函し、郵便局が収集して分類した後に発送するという順序になると思う。当時釧路から旭川へ直行する鉄道便は朝七時に一便あるだけであった。したがって発送は翌日ということになる。つまりここで一日のロスが出るわけてある。ならば啄木が金田一氏に出した書簡記載の五、六日に一日あて加える必要がある。釧路からの東京着が六、七日ということになれば、物理的に梅川が東京で釧路新聞に出た啄木の退社広告を見ることは出来ないことになる。小林氏の推察はここで成立不能ということになろう。

しかしこれはあくまで鉄道輸送に限った考察であるが、船便という手もあることに気づき、当時の郵便事情を把握する必要を感じて、東京の「郵政研究所」へ調査を依頼した。その結果は全く意外なものであった。北海道の太平洋沿岸地域は全て船便によっていたのである。当時の北海道内は、釧路まで鉄道の開通したのは啄木が釧路に行く前年のことであり、道内の鉄道網は現在とは比較にならぬほど貧弱なものであったから、船便に頼ったということもよく理解できるのである。したがって釧路からの郵便物は全て船便を利用していたということである。郵政省（当時）は船会社に年間二万円を支払って北海道沿岸の郵便配送を契約し、北海道庁が「日本郵船株式会社」に命じ、函館エトロフ間と、函館網走間の二航路について往復三回の發船を発令している。この二航路は往復釧路には寄港した。東京への郵便物は定期便の復路を利用したわけで、二航路で月六回釧路に入港したということは、五日に一回という計算になる。したがってよほどタイミングがよくないと、かなり無駄な日数を要することになる。私が二十五日以降の出港船の調査が必要なのではないか？　と書いたのは、梅川の離釧に関してだけではなく、郵便にも関係があるからである。後で聞いた二十五日以降の横浜、函館への出港船はなかった、ということであれば、梅川は釧路や東京で啄木の退社広告を見て出てきたのではないということになる。小林氏が「梅川と佐藤衣川の関係が正しく理解できていないのではないか。」などと自分だけがわかったようなことを書いているが、佐藤衣川が、「梅川に釧路新聞を送った」とか、「梅川が佐藤から新聞を送ってもらった。」といった確証があるならば話は別だが、ただ氏が、梅川と佐藤の関係から、送ったであろうと思い込んでいるに過ぎず、二人の関係を「正しく理解」していたとしても、新聞を送ることとは全く関係のない問題だということがわかっていないように思う。これまで述べたことから、東京で新聞は読めなかったことが明らかになった。ならば梅川は東京で啄木に逢った時、「女は、今朝さる古本屋で予の『あこがれ』を買つて来て、そして『釧路新聞』に出て居た予の退社の広告を見て、出て来て予に逢つたと話す。」(「啄木日記」明・四一・四・二九) 私がこの日記の記事を読んだ時に感じたことは、もともと啄木に強い関心をもっていた梅川だから、啄木の気を引くような話をしているように思った。退社広告を見て出てきたというのも、あたかも彼の後を追ってきたかのような印象を相手に与えるし、彼の詩集「あこがれ」を買ったというのも啄木に好感をもたれたい、といった気持ちの現れであろう。前記したように東京で「釧路新聞」は見ていないとしても、彼女は釧路に居た時にはこの新聞を読んでいた可能性は高い。ならば新聞社の社員が退社した場合、退社広告の出ることをあらかじめ、承知していたので、そのように言った可能性を全く否定はできないように思う。もし私の推察が成立すれば、釧路でも東京でも、新聞は見た見ないを問題にする必要がなくなるのである。事実梅川は釧路や東京で新聞は見られないことが明らかであるから、私の推察を採用しないかぎり、説明がつかないと思う。

小林氏は梅川の離釧の時期を、雲海丸の調査から「四月九日から十日にかけてであろう」と推論しているが、この点は私も同感できる。梅川自身が言う離釧時期には一貫性がないから信頼はできない。ただ雲海丸に乗ったという彼女の発言は、後々まで記憶していたようだから、船名の記憶を頼りに離釧時期を推察する以外に方法がないように思うからである。

小林論文の中で私が興味を覚えたのは高橋一美氏の記述で、「このうそだらけの啄木日記」として述べられている部分である。「啄木は梅川を連れ、小奴を連れて夜の浜辺に出掛けると書くが、釧路の濱である。三月も半ばといえど、まだまだ寒い。まして電灯もない暗闇の真夜中、びょうびょうと海から吹き上げる冷たい風を受けて、気温マイナス五度前後の濱に二、三時間もいられるものかどうか。」これは高橋氏の経験によって書かれているとは思うが、「啄木日記」によると、梅川、小奴、友人などと、夜の海岸を散策した記事が三件ほど見られる。高橋氏の言われる状況の日ばかりとはかぎらず、わりあい平穏な日もあろうし、電灯の明かりがなくとも、雪明りというのは私の函館での経験では、案外明るいのである。啄木とて、寒波の厳しい夜などに濱へ友人を誘うはずはない。もし高橋氏の言うように、とうてい耐えられないのならば、一回で懲りて、三回も行くはずはない。私は、日記というものの性格からすれば、その日その日の出来事を記録するものであるから、虚偽の記載をしては書く意味がないと思う。だが全くないとは言えないが、あったとしても、それは微々たるものであり、問題にする程のことではないと思う。高橋氏は、「もっとひどいのは、三月三十日の梅川の登場である。実はこのときすでに（二十八日）彼女は東京に出ていた。にも拘わらず日記には、彼女が夕方と夜八時と二回も下宿に顔を出したことになっている。これは啄木がいずれは筆を執ろうと思っている小説のための、創作ノートがわりの虚構ではなかったろうか。と見れば納得がいくのだが。」と述べている。これは、梅川が三月二十八日には東京へ行っていて釧路にはいなかった。ということと、啄木日記はでたらめだという、二点を根拠にして述べられているわけだが、どちらも根拠のない話であろう。

梅川は、戦後「啄木日記」を読み、激怒し、啄木を恨んで、日記はでたらめだと言ったと伝えられているが、彼女が激怒したのも納得できる。なにしろ彼女について書かれた啄木の感想は、終始悪女に対する記述であって、好感のもてるものではなかった。「敗けぬ気の目に輝く、常に紫を含んだ衣服を着ている、何方かと云へば珍しいお転婆の、男を男とも思はぬ程のハシャイダ女である。」とか「心の底の底は、常に淋しい、常に冷たい、誰かしら真に温かい同情を寄せてくれる人をと、常に悶えている。自ら欺き人を欺いているだけ、どちらかと云へば危険な女である。」こうした愛情のカケラもない、辛辣な記述に終始した記事を見せられては梅川でなくとも激怒したであろう。一方ライバルの芸者小奴の方には悪い記述はまったくない。例えば、「小奴と云ふのは、今迄見たうちで、一番活発な気持のよい女だ。」とか、「奴はハッキリして居る、輪郭が明らかである。少しも翳がない。花にすれば真白の花である。」また、つぎの記述などは、映画のシーンを見るようでなかなか美しい。「小奴は送って行くと言ふので出た。（略）手を取合つて、埠頭の辺の濱へ出た。月が淡く又明らかに雲間を照らす。雪の上に引き上げた小舟の縁に凭れて二人は海を見た。（略）幽かに千鳥の声を聴く。（略）妹になれ、と自分は云った。なります、と小奴は無造作に答へた。」梅川の記事とは雲泥の差があるのである。梅川が小奴を書いた部分を読んだとき、自己のみじめさに涙したことであろう。梅川の片恋はここで終わりを告げたのである。

「参考文献」
「石川啄木全集」第五巻・昭・五三・四・筑摩書房
逓信省管船局「海事統計類纂」明・四三・一一
逓信省「逓信事業史」第二巻・昭・一五・一二・逓信省協会

青森
函館
釧路
根室
宮古
浦河
60,
79,
105,
121,
210,
261,
463,
94,
33,
34,
25,
67.7
48.1

明治四十三年十一月刊行

海事統計類纂

遞信省管船局

地方廳命令航路

明治四十三年三月三十一日調

<table>
<tr><th>廳</th><th>線路</th><th>線路ニ供スル船舶發航及寄港地</th><th>命令期間</th><th>受命者</th></tr>
<tr><td></td><td></td><td>函館網走擇捉線
總噸數千噸以上最強速力一時間十一海里以上ノ汽船三艘ヲ用フ而シテ其發航寄港ハ左ノ如シ
函館擇捉（紗那）間
毎月三回發船シ往復トモ釧路、根室ニ 往航又ハ復航留別ニ五月ヨリ十一月マテ毎月二回十二月一回往航又ハ復航乳呑路、斜古丹ニ 五月ヨリ十月マテ毎月一回往航又ハ復航蘂取ニ五月、七月、八月、九月、十一月各一回往航又ハ復航内保ニ六月、九月各一回往航又ハ復航床丹ニ寄港ス但十二月及一月ニ於テ各一回往復トモ釧路、根室ニ往航又ハ復航瀬石、乳呑路、斜古丹ニ寄港シ其航海ヲ單冠ニ止ム
函館網走間
毎月三回發船シ往復トモ釧路、厚岸、霧多布、根室ニ 四月ヨリ十二月マテ毎月一回往航又ハ復航泊ニ五月ヨリ十一月マテ毎月三回十二月二回往航又ハ復航羅臼ニ四月一回五月ヨリ十一月マテ毎月三回往航又ハ復航斜里ニ寄港ス
函館根室間
六月ヨリ九月マテ毎月二回發船ス
右ノ内函館擇捉間ハ十二月ヨリ四月マテ十二回函館網走間ハ十二月ヨリ四月マテ十三回ハ航海ヲ根室ニ止メ又一月ヨリ三月マテ毎月一回函館擇捉間若ハ函館網走間ノ航海ヲ釧路ニ止ムルコトヲ得
小樽稚内線</td><td>四十年十月ニ始リ
四十三年三月ニ終ル</td><td>日本郵船株式會社</td></tr>
</table>

西脇巽著「石川啄木東海歌の謎」

私が最初に西脇氏に関心を持ったのは、「東海の歌」について書かれていることを聞いたときからであった。氏については、これまで名前さえ見たことも聞いたこともなかったが、著書を頂いて驚いたことは、啄木の研究に着手し、三年のキャリヤで啄木関連の著書を三冊も出していることであった。私などは、啄木に関わってすでに半世紀近くにもなるが、啄木に関する文章を書き出したのは二十年ほど前からの事に過ぎない。その間、三、四年に一冊あて著書を出し、昨年やっと六冊目を出したのだが、これでも著書は多いほうだと思っている。だが西脇氏のスピードとその筆力には到底歯が立たない。しかし、それだけに内容にはかなりの疑問点の出ているのもまた事実である。氏と私は同業者であることもあり、最初から対外的に反論するのもどうかと考え、氏へは私信として疑問点についての私見を書き送った。そして数回の文通があった。だが氏は著書で、私の著書からかなりの記述を引用して同感なり、また批判を加えているのだから、そうそう遠慮する必要もないのではないか、と言う考えから、今回前記著書についての疑問点につき私見を述べることにしたのである。

この本の前編については、他の著書からの引用文による解説が多く、あまり問題にする部分はないが、その中でどう考えても到底納得出来ない記述が一件あった。それは次の記述である。二、「歌稿ノート「暇ナ時」と「へなぶり」」という章で、「暇ナ時」に収録されている「東海歌の前の短歌五首と後の短歌五首と合わせて十一首を並べてみよう」として、歌を列記しているが、それほど出す必要もないと思うので、ここでは便宜上「東海の歌」前後の二首あてを記すにとどめる。

もろともに死なむといふをしりぞけぬ心やすけき一時を欲り
野にさそひ眠るをまちて南風に君をやかむと火の石をきる
・東海の小島の磯の白砂にわれ泣きぬれて蟹とたはむる
青草の床ゆはるかに天空の日の蝕を見て我が雲雀病む
待てど来ず約をふまざる女皆殺すと立てるとき君は来ぬ

これらの歌を西脇氏は「へなぶり」の歌だと述べているのだが、「へなぶり」とは端的に言って、「ふざけ」とか「不真面目」を意味することは言うまでもないが、前記の歌群から私は「へなぶり」的なものを嗅ぎわけることは出来ないのである。一方啄木自身の「へなぶり」の歌というのがどういうものか、ローマ字日記（明・四二・四・一一）記載の文章を引いてみたい。この記事は「明星」の歌会でのことである。「予はこの頃真面目に歌などをつくる気になれないから、相変わらずへなぶつてやつた。その二つ三つ。」として歌九首を列記している。したがってその中の二つ三つが啄木の言う「へなぶり」の歌だというように私は解釈する。西脇氏はこの歌群から「私が最も「へなぶり」に相応しいと思っている歌は次の歌である。」として、

くくと鳴る鳴革入れし靴はけば蛙をふむに似て気味わろし

を挙げている。これも面白いが、私が「へなぶり」に相応しいと思うのは、

君が眼は万年筆の仕掛にや絶えず涙を流していたもう

である。ふざけた面白さが遺憾なく発揮されているように思うからである。他にも、

わが髭の下向く癖がいきどおろしこの頃憎き男に似たればとか、

その前に大口あいて欠伸するまでの修業は三年もかからん

などがある。こうしてみると、啄木の「へなぶり」というのがどのようなものか、ということがよくわかると思う。一読してふざけた面白さがでている歌なのである。これ

は何も啄木に限った話ではなく一般的な「へなぶり」に対する解釈も啄木と同じことであろう。へなぶった歌を読んだ後にくるものは、「軽いほほえみ」か「笑い」といった明るい反応であって、決して「深刻」で「暗い」といった印象を与えるものではない。これまで述べた「へなぶり」の解釈をふまえて、西脇氏の指摘する「東海の歌」を含む五首を読むとき、これらの歌群に「ほほえみ」とか「笑い」あるいは「明るさ」などを感ずる人があるだろうか。そこにあるのは、「死」とか「君を焼く」とか「病む」とか「皆殺す」といった「殺伐」とした「暗い」感情があるばかりで、「へなぶり」とは正反対にある歌のように私は思う。また氏は、「既述の一から十一(私は便宜上五首とした。)までの短歌のうち、六の東海歌を除いた短歌は『へなぶり歌』としては面白い作品と言えても、あからさまに『へなぶり』とわかるものであり、趣向という意味でも物足りないものである。それらに比較すると『東海歌』は『へなぶり歌』とはとても思えない出来ばえである。前後の十首の歌とは比較にならない。質的にレベルが異なっている。また情景歌としても理解できる、象徴歌として啄木の心情がもっとも伝わる歌でもある。その意味では最もすぐれた短歌といってよいであろう。」と述べているが、この既述をみても、氏と私の「へなぶり歌」に対する認識にかなりの相違を認めざるをえない。なんで「東海の歌」が「へなぶり」の歌の範疇に入るのか、私には全く理解できない。

この件については、作者の作歌時の心情から判断するのが理解しやすい。啄木が「へなぶり」の歌を作ったときの心情は前記したと思うが、歌会に出席して「予はこの頃真面目に歌などをつくる気になれないから、相変わらずへなぶつてやつた。」とある。つまり最初から不真面目な態度であるから、へなぶった歌を作る気で作っていることになる。一方、「東海歌」の場合はどうか、「六月二十三日夜から歌興とみに湧き、暁にかけて五十五首」(日記)とあり、作歌に集中し、作歌意欲も旺盛であったことがわかる。つまり不真面目な態度では作歌していない。真面目な態度であるから「へなぶったり」する要素が入るはずはないのである。「東海の歌」を「へなぶりの歌」と認識している研究者は私の記憶ではたぶん西脇氏以外になかったと思う。

次の記述にも問題がある。「私の所感では、最もすぐれた『へなぶり歌』は読者に『へなぶり歌』と感じさせないもので、それは『象徴歌』となる。また最もすぐれた『象徴歌』は意味内容は心情を歌いながら形式的には『情景歌』の形式を借りている。そして『情景歌』としてもそれなりの読みごたえや意味があり、『象徴歌』としての意味合を、わざとらしくあからさまにはしないものである。」という。これは「東海の歌」を念頭においで書かれたものと思うが、読者はなんでも自由に詮索し発言できても、それが作者の想いと合致するという保証はない。その歌に対する作者の作歌動機というのはただ一つなのである。その一点に集中してその想いに適切な言葉を詮索して三十一文字という僅かな字数にまとめるのである。私はこの歌が有名になったのは、歌集の巻頭歌だということもあるが、やはり一般大衆の心をつかんだということが大きいと考えている。では読者大衆はどう解釈したのだろうか、それは「大森浜説」の解釈以外には考えられない。「象徴派」の解釈や、まして「へなぶり歌」などといった解釈を一般の読者が支持してはいない。それは「大森浜派」の解釈が、最も明解であり、読者の心に直接響くものを持っているからである。したがって他の解釈が支持されていないのであれば、あれこれよけいな考えをめぐらすことは、無駄な労力とさえ思うのである。「大森浜派」の解釈に重大な欠陥でもあるのなら別だが、でなければ他の解釈によって大衆の支持を壊すべきではないのではなかろうか。

これから以後は部分部分についての西脇氏の既述で、私が疑問をもった点について述べることとする。まず啄木が書いている「磯」についてであるが、西脇氏は、難解な言葉を駆使するほどの啄木が、「磯」といった安易な言葉を渚や砂浜などと混同するはずはない。ということから、「磯と砂浜の両方ある場所、両方共に視野に入る場所で歌った歌と考えれば啄木が、磯と砂浜を混同して、同意語として間違った理解をしていた、という無理な解釈をしなくてもよいのである。」これは氏に限らず、多くの人達に共通する感情であろう。私も最初はそうであった。したがってこの件の発表には少々勇気を必要とした。私はこの件について、これまでに数回私見を述べてきたが、やはりなかなか納得してもらえないようである。私が啄木の書いている磯に疑問を持ったのは、全く岩場のない浜辺で磯と書いているケースが歌、小説、ノンフィクションの旅行記など各種のジャンルに見られるからである。場所でいうと、函館の大森浜、釧路の知人海岸や、石巻の長浜海岸での記述である。これらの海岸は砂浜であって、岩場はないからである。しかし私がこの件にいささかの自信をもつことが出来たのは、つぎの考察を得たときからであった。小説「漂泊」は啄木が函館に移住して間もなく書いたものであるが、その中の記述に「波打ち際に三人の男が居る。」これは函館での友人三人と新川河口の砂山で遊んだときのことであろう。ここで私が注意したのは、啄木一人ではなく、友人が三人同行していたということが重要なのだ。で、次の記述、「怪しまれるばかりのこの荒磯の寂寞」また「磯を目がけて凄まじく、白銀の歯車を捲いて押し寄せる波が、」そして「忠志君は急歩に砂を踏んで、磯伝ひに右へ辿って行く」啄木達の居る新川河口の前面に広がる海岸線は美しい弧線状の砂浜であって、岩場つまり「磯」などは全くない場所である。しかし啄木はそこを磯と書いている。ここで私が気付いたことは、同行している友人達がこの小説「漂泊」を読んだ時に、磯のない大森浜で何回も磯、磯と書かれている間違いに気付かぬはずはない。当然友人達は啄木にそのミスを指摘するだろう。もし私がこの小説を書くとすれば、友人達に指摘されるような砂浜海岸を磯などとはまず絶対に書かない。これはなにも私ばかりではなく、磯が岩場であることを知っている者ならば、誰でもこのような単純なミスは犯さないであろう。それが一カ所程度ならば、たまたまミスッタものとも思えるが、前記したように、歌、小説、旅行記など、文芸の各ジャンルに及ぶとすれば、たまたまのミスですまされるわけはない。こうした観点に照らせば、やはり啄木は磯を浜辺とか渚と同意語だと思っていたと考えざるをえないのである。したがって、西脇氏ばかりでなく、米地文夫氏などもそうであるが、「磯と砂浜」の両方ある場所と考える必要は全くないのだと私は思っている。

次に「砂山」（砂丘）について述べてみたい。函館では当時砂丘のことを砂山といって市民に親しまれていた。本来は砂山というよりやはり砂丘というべきで、大森浜にそって連なる長大なものだったからである。西脇氏が函館に居住されていたのは、昭和二十六年から三十六年の十年間のようであるから、大正から昭和にかけて戦前に函館で暮らした私と西脇氏とでは、砂丘についての認識に相違のあるのは当然かもしれない。それは、次の記述をみてもそんな気がするのである。「私の記憶では、砂山は、まさに大森浜のほぼ真中に位置する現在の啄木小公園の付近、高大森の砂山一ケ所であった。しかし明治のころにはその他にも、いくつもの砂山があったことがこの「とある」から推察されるのである。」とあり、氏の函館在住時期には、砂の搬出が進み、砂山は大方消失していたのである。昭和三十一年には、大森浜の海岸に沿って国道二七八号線（海岸道路）が完成しているから、西脇氏の言う、高大森にだけ砂山が残っていたとしても、道路は海岸線にごく近いので、私の知っている砂丘とは違い、あったとしても小規模になっていたと思う。大森浜の砂丘というのは、そんな小規模のものではなかった。日の出町あたりから新川河口に至る、一キロ余はあった長大なもので、連綿として続いていた。巾も広い所で二〇〇メートル余もあった。したがってあちこちに大小の砂山があったのではなく、高大森のあたりが最も高く、南（函館山方面）に進むにつれて低くなっていたのである。つまり連続していたから、大小というのは不適切で、場所によって高さに差があったから、高低というべきであろう。

また岩崎白鯨と啄木はよく砂山のある新川の浜辺を散策した。啄木の自宅青柳町から新川の浜辺までは二キロ程度であるから、若者にとってはそう苦になる距離ではない。西脇氏は砂山のある濱は遠いことを強調するためか、よく高大森の砂山を引き合いに出すが、高大森まで啄木が行ったのは一回しかなかっただろうと私は推察している。したがって啄木等がよく行ったのは砂山のある最も近い場所として新川河口あたりの濱を念頭におけば充分だと思う。砂山に行ったとき、岩崎は「新川の砂浜」と書き、啄木は「とある砂山」と書いているのは、啄木は函館に来てまだ間のない時だったこともあって、地名がよくわかっていなかったのだ、と考えれば、別段「他に別の砂山があったのではないか」などと疑問を持つこともない。

次に西脇氏が「物理的にありえない」という小説「漂泊」の件について検討してみたい。前にも一度書いたが、この小説は砂丘のある大森浜の新川河口あたりの浜辺を舞台に、三人の男等を描いた小説である。問題の部分というのは、「忠志君の頭の上には、昔物語に有る巨人の城廓の様に函館山がガッシリした諸肩に灰色の天を支へて、いと厳かに聳へて居る。（中略）梅に桜をこき交ぜて公園の花は今を盛りなのである。」この件に答える前に小説の三人の男等が何処にいたのか、ということを検討しておく必要がある。小説には「波打ち際に三人の男が居る。その男共の背後には、腐れた象の皮を被った様な、傾斜の緩い砂山が、」という描写がある。また「胡座をかいた男」や「しゃがんでいる男」また「無作法にも二人の中央に仰向けになって臥ている男」もいたのである。ここで私が注意したのは、「波打ち際」というのは普通砂浜と海との境界線のあたりをいうと思うが、大森浜の波打ち際というのは時々、身の丈ほどの大波が襲うから、その度に浜辺の人達は逃げ惑うのである。そんな波打ち際に胡座をかいたり、あおむけに寝たりして居られるものかどうか、逃げることさえ出来ないのだから全員びしょ濡れになるだろう。そして次の記述にも問題がある。前記した文章の中に、「男共の背後には、……傾斜の緩い砂山が、」とあるから、砂山の前あたりに居たのであろうか。しかしここにも居られないことが次の記述でわかる。「無感覚に投げ出した砂山の足を、浪は白歯をむいてたゆまず噛んでいる。」ここにある「砂山の足」とは砂山の裾のことであろう。つまり砂山の裾まで波がくるのであるから、ここにも三人の男共は居られないことになる。つまりこの海岸の砂浜には彼らのリラックスして居られる場所はないことになる。これは私が彼らの居場所を勝手になくするわけではない。啄木の記述を忠実に読むと、そのようになっているのだ。ではどこで胡座をかいたり、寝転んでいたのかというと、あとは砂山にのがれるしか居る場所はないのである。一般的にいう波打ち際は前記したように到底居れないことは明確であるから、啄木のいう浪打際というのは、私の推測では、砂山の裾まで波が来ているのだから、砂浜と砂丘の裾との境界線を念頭に置いていたのかもしれない。そう考える以外に説明がつかないように思う。また小説の記述に「男共の背後には、腐れた象の皮を被つた様な、傾斜の緩い砂山が、」とあり、「傾斜の緩い」砂山ということであれば、彼ら三人が胡座をかいたり、寝そべることも可能であろう。そして背後にまだ高い砂山があるとすれば、砂山でも中腹あたりに陣取っていたものと考えられる。彼らの居場所が砂山の中腹だということが確定すれば、「忠志君の頭の上に函館山が聳えている。これは、よほど函館山の麓に近い場所でなければ物理的にありえない情景なのである。」という西脇氏の疑問も解決できるのである。

まず、友人忠志君のことについて啄木はどう書いているかというと、「忠志君は急歩に砂を踏んで磯伝ひに右へ辿ってゆく。」とあり、その後に「忠志君の頭の上に……函館山が……いと厳かに聳えて居る。」ということだが、私が彼ら三人の居場所にこだわったのは、この疑問を解決する上で必要だと思ったからである。つまり彼らが砂山に上がっていたという事実が確定すれば、簡単に説明がつくからである。忠志君はひとりで砂山を降りて海辺伝いに帰途についた。残った二人は砂山から彼の姿を見下ろしていたことになる。砂山に上がれば、当時の函館ではここから視界を遮るものはないから、函館山は麓からよく見えるのである。したがって忠志君の頭の上に函館山が見えるのは物理的にどうのこうのといった問題ではなく、当然の話なのである。だから、「こんなに離れた新川の砂浜や……盛りとはいえ桜や梅を見ることは無理である。」と氏は言うが、桜の名所である函館公園は、坂の上にあり、桜が一斉に開花すれば、松の緑の中にピンク色の霞がかかったように、新川の砂丘からでも明確に見られる。小説で啄木も見たままを書いているのだ。ここで読者のために少々解説しておきたいと思うのは、「梅に桜をこき交ぜて公園の花は今を盛りなのである。」という記述で、梅と桜では開花時期が違うのではないか、といった疑問を持つ人もあると思うが、北海道では、本州以南と違って、梅と桜は同時期に開花するのである。したがってこの記述は間違いではない。見たままをのべていると思う。

次に氏がこの小説で疑問を持たれているのは「忠志君の歩いて居た辺を、三台の荷馬車が此方へ向いて進んで来る。浪が今しも逆寄せて、馬も車も呑まむとする。……見るまに馬の脚を噛み、車輪の半分まで没した。」「また浪が来て、今度は馬の腹まで噛まうとする。馬はそれでも平気である、相変わらずズンズン進んで来る。」という記述である。この情景に不信を抱く氏は、「そんな人家のない大森浜海岸にどういう訳で荷馬車が、それも波に洗われるほどの海岸沿いを通る必要があるのか不思議である。」と言う。氏が言われるのももっともな情景ではある。しかし私もこの情景を見た記憶があるのである。啄木が函館に来た明治の四十年代にもこうした情景が見られたとすれば、そこには何らかの理由があるはずである。しかしその時には私も氏同様に理由は不明であった。だが最近入手した資料（大淵玄一著「函館の自然地理」）によると、大森浜に面した町（高森、宇賀浦、砂山）の三地区には馬車で仕事をしている馬方（馬車引き）という職業の人達が多数住んでいたのである。したがって仕事に出る往復にこの海辺を利用していたものと考えれば、納得できると思うし、馬が波を恐れぬのも、毎日のことで馴れていたからであろう。

あとは少々雑記のようなことだが、西脇氏が書いているから私の真意を述べておきたい。「啄木の脳裏には大森浜だけがのこっている。」とか「他の浜についての記述はほとんどないにひとしい」という私の記述に対して氏は、「いささか言い過ぎと思われる。」と言うが、ならば、啄木が、他の土地の濱についての記述をどれだけ残しているのか、を調べた後に、大森浜の記述と比較して、私の「言い過ぎ」かどうかを判断してから発言してもらいたい。大森浜の記述はいくらでも提示できるが、他の浜辺の記述は微微たるものであるのをみても、彼の関心は大森浜にしかなかったと断定出来ると私は思っている。こうした私の発言は、啄木の書いている記述から判断しているのであって、氏の指摘は、函館を贔屓しているからではないか、というような印象を受けなくもないが、そうした低次元の問題ではない。贔屓といえば、氏の文章につぎのような記述もある。

「函館大森浜の根拠として井上信興によって『海といふと予の胸には函館の大森浜が浮かぶ』や『僕が海といふものに親しんだのは、実に彼の青柳町の九〇日間だけであった。』……しかしだからと言って他の海を否定することにはならないだろう。……たとえば三陸海岸の印象を強く抱いていても函館の新聞にそのことを書く訳はないのである。」と言う。それは一般論としての話で、氏とは反対に啄木がもし実際に大森浜しか念頭になかった場合、真実をそのまま書くことだってあるのである。私は啄木の真実の声だと考えている。それは啄木の人生の中で、大森浜や砂山が深く関わっている事実があるからである。したがって、他の濱は念頭になかったと断定できる。もし、大森浜以上に関わりのあった他の浜があるのならば提示して頂きたい。

また私が函館を贔屓しているのだとして、「なお函館とゆかりのある人物の郁雨、石川正雄、小林芳弘らは地元贔屓として大森浜説を立てている訳ではない。」とも言う。だがこうした問題は学問的に「大森浜説」なり「象徴歌説」のどちらを支持するか、という問題で、前記三氏は「大森浜説」より「象徴歌説」を支持し、私は前著でも詳細に「大森浜説」が、「象徴歌」より勝っていることを述べている。したがってこの判断はあくまで学問的な判断であって、贔屓などといった次元の話ではないのである。たとえば函館に住んだ経験がなかったとしても、「東海の歌」については、間違いなく「大森浜説」を支持することにかわりはない。函館は私が少青年時代をすごした土地であり、多くの思い出を残しているから、第二の故郷とも言えるが、学問に対しては真剣に立ち向かっているつもりだから、そうした発言に出会うと、はなはだ不愉快なのである。啄木と函館との関係は、彼の人生において重要な地位を占めている、という事実は啄木学ではすでに確定している問題であるから、私が贔屓する、しないで動くことはないのである。したがってこうした発言は私からみれば意味がない。

鼻眉ということで言えば、青森県の人々が、「東海歌」の原風景だと言って、大間町の弁天島や八戸市の蕪島説を発表しているが、これらの島について啄木は一字も書いていない上に、啄木の足跡を証明することさえ出来ない段階で、原風景などの言える立場にないにもかかわらず、「東海歌」の歌碑まで建てて地元へ啄木を引き寄せようとする行為は、観光資源に啄木を利用しようという下心がみえ、明らかに地元鼻眉からくる行為であろう。啄木の歌碑を建てることは自由であるとしても、問題なのは、ここが「原風景」だと宣伝していることが許せない行為なのだ。もしこれらの島が原風景として通用するのであれば、同じような島はいくらでもある。まず啄木の足跡を証明するのが先決であって、出来なければ原風景などを言う資格はないのである。

それから、他誌からの引用文についてもふれられているので述べるが、私は自説を補強する意味で、出来るだけ引用はするように心掛けている。そうすることによって、説得力が増すと考えるからである。また反論する場合も引用しなければならないのは、皆さんも同様であろう。もし、私の文章から、どのような立場の人が引用したとしても、その人にとってこの記述が必要だったのだろうと思うだけで、西脇氏のように、立場の違う人からの引用が不都合だというような気持は全くない。むしろ、引用者の役にたって有難いと思うだけである。どちらにしてもたいした問題ではない。

次に明らかな間違いを指摘しておきたい。「啄木は函館に着いて間もなく、青柳町の海岸を散策して『漂泊』を書いている。」とあるが、氏が「東海歌」の原風景は青柳町に近い住吉海岸だと主張していることから、こうした記述になるのかとも思うが、事実ではない。小説「漂泊」には「浪打際に三人の男が居る。男共の背後には、腐れた象の皮を被つた様な、傾斜の緩い砂山が、」という記述がある。ここにある砂山は、新川河口から日の出町にいたる海岸に連綿と続いているもので、住吉海岸には砂山はないのである。したがってこの「漂泊」は青柳とか住吉の海岸とは全く関係がない。

最後に、この著書を通読して感じたことは、「東海歌」についての記述に一貫性がないということである。ある時は「へなぶり」の歌だと言い。またある時は原風景は「住吉海岸」だとし、そして「東海歌」は「象徴歌として、革命家・啄木の深い心の憂いを最も的確に歌っているのである。」とも言う。また「あとがき」によると、「私の東海歌」の二つの解釈として、第一の「情景歌から象徴歌への昇華」と、第二の「原風景は大森浜青柳町海岸（現住吉漁港）」だと締め括っている。これらの発言から私は、氏の解釈に納得できるものがないのである。支離滅裂な解釈としか言いようがない。歌を作る時の作者というのは、主題は一つであって、あれも、これもといった要素はないのである。なぜならば、三十一文字といった少ない枠のなかに自分の想いを凝縮してまとめなければならないからである。したがって、二つの解釈などといった解釈は読者の無責任な解釈であって、作者の主題に添うものではない。原風景を言うのであれば、象徴派の解釈では、特定の場所を否定しているのだから、その必要もない。情景歌から、象徴歌へ昇華するような解釈を作者は期待してもいない。作歌当時の啄木は革命家とは言えない。この歌は多くの人々によって様々な解釈をされているが、私は歌われていることを素直に解釈するのが、啄木の作歌時の想いに添うのだと確信している。

「参考文献」
「石川啄木全集」第三巻・第六巻・昭・五三・筑摩書房
歌稿「暇ナ時」（肉筆版）昭・三二・八木書房
宮崎郁雨「函館の砂」昭・五四・四・洋洋社
大淵玄一郎「函館の自然地理」平・八・七（非売品）
井上信興「薄命の歌人」石川啄木小論集・平・一七・四・溪水社

西脇巽著「啄木と郁雨・友情は不滅」

この著書の中で、私の記述がかなり引き合いに出されているので、それらの点について一応私見を述べておく必要を感じた。「不倫論者の心理分析」という章に次のような記述がある。「私の説と井上信興氏の説との最も大きな違いは、光子と節子の関係は良好な時期があった。墓建立前までは良好な関係であった、という部分である。」これは所謂「不愉快な事件」に関する批判であるが、氏は「私はそれは見せ掛けだけで、光子の本心では険悪なものが潜伏していた。」とある。またコルバン夫妻を紹介して房州で療養させたのは、「真の厚意からではなくて、節子の実家があり、郁雨が存在している函館へ行かせないための策略と考えたほうが理解しやすい。」と言う。これは西脇氏の推察であると思うが事実ではない。何故ならば、光子の当時の記述には、節子に対する憎しみの記述は全くないからである。むしろ、なぐさめているのである。啄木が節子宛の郁雨の手紙に激怒し、節子が髪まで切って詫びた際にも、光子は「そんなことはしなくてもよかったのに、といふと、節子さんは、いいえ、私決心した証拠にかうしたの、といいますので、私も私が手紙を取りに行っていたら、こんなことにはならなかったのにねえと、慰めたのでした。」もし光子が節子に悪感情を抱いていたら、慰めたりはしないであろう。また、節子が啄木の死後光子に出した書簡で、「みっちゃんは独身で、京子を世話して下さるなんて、そんな事はしない方がよいのよ。お心はありがたいけれど。」とある。この手紙はよく両者の関係を表していると思う。独身の身でしかも収入も少ないであろう光子が、京子を世話しようと申し出ているのである。これは西脇氏が言うような「見せ掛けの厚意」などではない。なぜならば、節子は近々出産が予定されていて、しかも病気を抱える身であれば、京子は重荷になるだろう、といったことから、節子の負担を少しでも軽減してやりたい、といった純粋な気持がなかったらこうした自己犠牲を伴う申し出は出来ないと思う。そのことによって、節子の負担は軽減するが、反面光子の負担は増加することになる。仕事を持ちながら子供を引き取って育てるということは、食事から衣服などの経費、それに通学するようになればまた経費も増加するわけだから、熟慮した上の決断でなければ、簡単に引き受けられる話ではない。そのような犠牲をなぜ光子が背負う必要があるのか、憎む相手に必要な申し出とは思えない。

本当に憎んでいる相手ならば、苦しめてやるというのが筋で、自分が苦しむことはないのである。これは素直に考えれば、光子の節子に対する思いやりと判断すべきであろう。なにも、この時ばかりではなく、最初から二人の関係は良好だった。啄木が節子と結婚した頃、「節子さんをお姉さまと呼ぶようになった。節子さんはその後ずっと私にはなんでも話し、親しげに、みっちゃん、みっちゃんといって可愛がってくれた。」とも言っているから、西脇氏の言うような険悪な状態では全くなかったのだ。つまり良好だったという証言はあっても、不良だったという証言がなければ、良好な関係にあった、という判断になるのは当然であり、険悪だったということを示す資料の提示がなければ、氏がそう思うだけで、その推察は説得力に乏しいということになろう。

光子が節子を房州で療養するように世話したのは、節子を函館に行かせないための謀略だ、というのが西脇氏の考察であるが、そのような事実はない。啄木の死後節子が土岐哀果に送った書簡で、「夫の最後の朝も私は帰らないとい言ひました。」としながらも、「これは私の本意ではありませんけれど、どうもしかたがありません。夫に対してはすまないけれども、どうしても帰らなければ、親子三人うえ死ぬより外ないのです。」と、悲痛な胸の内を告白している。あの「不愉快な事件」のときに、節子は髪を切って函館には帰らないと、啄木に誓ったが、その硬い約束を破る結果になったことを土岐哀果に報告した書簡である。函館には帰らないと啄木に誓ったのは節子の意思によるものであって、光子によってそうさせられたというのではない。

この良好な二人の関係もやがて険悪になる時がきた。それは啄木、母、真一の遺骨を東京の等光寺に預けてあったのを、節子は郁雨と相談して、岡田函館図書館長に依頼し、啄木一家の遺骨を函館に持ち帰って以後のことである。つまり、光子の節子に対する怒りは「不愉快な事件」とは全く関係がないということである。私は拙稿「不愉快な事件についての私解」で詳述したので、ここでは簡単に述べるが、光子が初めて節子と郁雨の晩節問題をでっちあげて、熊本の「九州日日新聞」に発表したのは、大正十三年四月十日のことであるが、その時函館では、恒久的な啄木墓碑の建設が進行中であった。光子は自分に何の相談もなく勝手に事を進めるのが許せなかったのであろう。彼女のつぎの文章でよく理解できる。「兄の遺骨をあんなに嫌がった北海道の海辺におくことは、個人の意志を無視したいたずらにすぎないと思う。思いを一度ここに走らすとき、私の胸はにえくりかえるような、憤りと悲しみを覚える。」こうした強烈な憤りは節子と郁雨の「晩節問題」の時には全くなかったのだから、この憤りは墓碑問題によることは明らかであろう。結論としては、熊本の新聞に初めて節子郁雨の晩節問題を発表したのは、光子の二人に対するせめてもの報復であった、と私は考えている。晩節問題などはもともとなかったのである。それは光子の疑問の多い記述がまったく信頼出来ないからである。西脇氏の主張する光子、節子の関係が険悪になったのは最初からではなく、啄木等の遺骨を函館に移した事に原因を求めるのが正しい判断だと私は思う。

次に私が疑問を持ったのは、西脇氏の言う、節子の父に対する「忠操恐怖症」である。啄木からすれば、義父はたしかに苦手であったのは事実だと思う。義父からすれば、娘節子との結婚には大反対で、士族の家柄であり実直で頑固な彼の性格からすれば、娘の結婚については、当然堅実な相手をと、願っていたと思う。啄木のように、中学も中退し、定職を持たずに文学に耽っているような男を忠操が許すはずはない。節子の強固な意志に彼は渋々許したものの、忠操の不安は間もなく現実のものとなった。結婚式はスッポカス、世話してやった代用教員の職も首になる。妻子を置き去りにして北海道から東京を転々とし、晩年には病気までうつされ、貧困に終始させたという苦難の生涯に、可愛いい娘を落とした啄木という男を、忠操が許せる相手ではなかっただろう。こうしてみると、啄木が忠操に会いたくなかったのは当然であるが、しかし啄木の晩年は病気に明け暮れ、経済的にも困窮し、到底旅行などの出来る状況になかったから、忠操と顔を合わせる機会はまずないと断定できる。こうした前提で考えると、西脇氏の言う「啄木が節子を函館に行かせたくなかったのは、そしてそのために節子が函館に行くことをためらったのは、郁雨が居るからではなくて、忠操が居るからであることは明らかなのである。郁雨は啄木の親友であっても啄木にとってそれほど手強い相手ではない。しかし忠操は啄木にとって最も怖い相手なのである。」という論理は私には全く理解できない。たとえば、地震は怖いという認識は誰でもが持っている感情であるが、実際に遭遇してみなければ、その怖さの実感はわからない。前記したように、啄木が忠操と顔を合わせる機会は絶対に来ないのだから、忠操が怖い、怖いというのが私には理解できない。そして、節子が函館に帰れば、忠操は父親として、生涯苦労して帰った娘を不憫に思い、なぐさめの言葉で迎えるに違いないと考えるのが一般的な対応ではなかろうか。ならば、節子が忠操をこわがることもない。したがって啄木が死の間際まで、節子に「函館には行くな」と言ったのは、忠操の存在とは全く関係はないのである。その原因はやはり郁雨の存在にあると私は考える。節子は郁雨を兄とも慕っていたことは、啄木とて知らぬはずはなかった。「不愉快な事件」の時も郁雨は「病気が悪ければ実家に帰って養生するのが一番だ。」と、言って郁雨と節子が啄木の意向を無視して二人で事を運ばれたのでは、主人啄木の立場はないのである。啄木が「人の家の中まで立ち入る」と丸谷喜市に話しているが、啄木の立腹は当然であろう。死を目前にしていた啄木は、節子が病人の看護から解放され、函館で家族の庇護のもとに、安心して療養につとめ、郁雨とも親しく交際するであろうことを考えれば、啄木の心中は平穏であるはずはないと私は思うのである。むろん節子にしても、郁雨の家庭を壊すような付き合い方をするはずはない。郁雨に嫁いだ妹ふきが、商家というこれまでの生活と全く違う環境に耐えられるかどうかを心配していた聡明な節子だから郁雨とつきあう場合でも、妹に心的負担をあたえるような付き合い方をするはずはないが、啄木にしてみればそのあたりが心にかかっていたのであろう。「函館に行くな」といった理由は郁雨以外には考えられないように思う。西脇氏は「函館に行くな」と言った理由を、光子が節子を房州で療養するように世話したのは、「真の厚意からではなく、節子の実家があり、郁雨が存在している函館へ行かせないための策略と考えたほうが理解しやすい。」と最初のほうに書きながら、後のほうでは、「節子が函館にゆくことをためらったのは、郁雨が居るからではなくて、忠操が居るからであることは明らかなのである。」という。私には何がなんだか理解出来ないのである。

最後に砂山について述べるが、この件については、機会あるごとに私見を提示してきた。しかし西脇氏が砂山について六十頁もついやしているので、多少重複する点があることをお断りして述べることにしたい。この章を一読して感じたことは、氏が実際の砂丘を見ていないことによるための疑問が多いことである。戦前の砂丘に親しんだ者にとっては、全く疑問を感じないことでも、砂丘の実態についての認識がなければやはり疑問になるのであろう。氏が見たという砂山は高大森に残っていたというが、大森砂丘の砂は砂鉄を多量に含有していることから、砂はその用途に使用され、また埋め立て地や建設資材などに搬出されて、大森浜から砂丘はついに消失したのである。その後には海岸にそって舗装道路が昭和三十一年に完成した。これが現在の国道二七八号線で一般には海岸道路と言い湯ノ川に通じている。氏がよく「東海の歌」の原風景だと言って住吉あたりの浜を提示しているが、氏がもし戦前の大森浜の砂丘を目にしていたなら、私が主張する新川河口以北の海岸の雰囲気が住吉あたりの浜とは全く違い、啄木がどちらを選ぶかは歴然としていて、勝負にはならないことに気づくと思う。第一啄木は住吉あたりの浜について書き残している記事もなく、砂山もない。何処でても見られるただの漁村風景に過ぎない。唯一のメリットは自宅から近いというだけのことである。啄木というのは詩人であるから、瞑想や感慨にふけるとすれば、当然それにふさわしい場所を選ぶに違いない。そうした意味で私は砂丘のある大森浜が最適の場所だろうと、判断しているのである。

「啄木が短歌や詩に書き著した砂山はどこの砂山か、という疑問が出てくるので、そのことについての論考が必要であろう。」とあるが、この問題は簡単である。新川河口付近の砂山であろう。このあたりの砂山が自宅から最も近いからである。それから先の砂山に行っても風景は全く変わらないから新川河口あたりの砂山まで来れば十分だと思う。岩崎白鯨と共に夏蜜柑の皮を砂に埋めてきたのも、小説「漂泊」の背景として使われたのもここである。砂山に関しては他の場所についての記述はない。

したがって「高大森の砂山に登ったり腹這いになったりしたことはなかったのではないか」といった疑問は当然出るが、この件について、私は一回は岩崎白鯨と二人で、浜薔薇を見に行った可能性があると判断している。この件については、拙稿「啄木と大森浜と砂丘」で述べた。

つぎの歌について西脇氏は、

朝ゆけば砂山かげの緑叢の中に君居ぬ白き衣して

「五月五日に函館に来て六日目十一日には高大森の砂山に来たことがある、と考えるのは私としては不自然な気がしてしかたがない。あまりに早過ぎるのである。」という。この歌は五月十一日、友人達と歌会をした時の作であるが、何も最も遠い高大森の砂丘でなければならない理由はない。一番近い新川河口あたりの砂山だと考えればいいのだし、友人達と一緒に歌会をしているのだから、見たこともない砂山を啄木が歌うはずはない。知らぬ土地だから啄木が一人で行くはずもない。おそらく出席者の中に砂山へ案内した友人もいたに違いない。したがって嘘は歌えないと私は思う。

「次の疑問は緑叢という言葉である。緑叢とは緑の草むらという意味であろう。」「砂山と草むらとは本来矛盾するものであろう。」とあるが、私は矛盾するとは思わない。砂丘には表と裏があって大森浜で言うと、海側が表で市街側が裏ということになる。裏側の裾の方には、陽当たりの悪い所や窪みなどに草むらのあることは私も見ている。これはおそらく風が種を運んだか、鳥が食い残したものが根付いたのか理由はよくわからないがとにかく緑叢はあるのである。

氏の次の発言ははなはだ問題である。巻頭の十首の内、最後の四首は「砂山」を歌ったもので、この四首は歌集編集時に作って大森浜での感慨を十首にしたものだが、つぎのように述べている。「この砂山は、散策して行き易い山裾が主たる舞台であり、無理をして高大森の巨大な砂山と結びつける必要はない。というのが私の所感なのだが如何なものであろうか。」と述べられている。山裾というのは、函館山のことを言っているのだろうか、そんなところには砂山はないのである。たびたび書くようだが、大森浜の砂山と言うのは、新川河口で終っていて、東川町から函館山に至る海岸には砂丘はない。もしそれでも砂丘にこだわるのであれば、砂丘があったという証拠を提示すべきであろう。でなければ、氏がそう思うというだけの話になる。また無理に遠方の高大森の砂丘を持ち出す必要もない、最も近い新川河口あたりの砂丘で十分だと私は考える。

蟹について、氏は「高大森の砂浜には、啄木が出会うことが出来た蟹は居なかった、というのが私の結論である。」と言う。大森浜には蟹は居ない、と言う人と、居ると言う人とに別れるが、「東海の歌」を象徴歌ととらえる人の多くは蟹に何かを象徴させるといった解釈をされるようであるから、蟹は重要な役割を担っていると言える。たとえば、二、三例を引くと、「昆豊」玩具に等しい短歌、「吉田孤羊」文学もしくは芸術、「玉城徹」蟹行の書。といった具合で、人それぞれ象徴も異なるのだから、どれを信用していいものか、私などは全く混乱してしまうのである。一方「大森浜派」の解釈では実在の蟹ととらえているから、明解だといえる。啄木は函館に来て「蟹に」という詩を作った。これは友人と大森浜を散策していた時に獲た詩想によって作詩されたものであり、その時に目にした蟹を歌ったものと私は判断している。というのも、友人が同行しているのだから、全く見ないものを材料に使うはずはない。そんな作詩をすれば、まだ函館に来て間のない時だから、友人とも親しくはなかったであろう。啄木というのは、嘘ばかりで詩を作っている、などと友人の間に噂が流れては啄木の信用にも関わる問題であるから、私は蟹を確かに見ていると考えるのである。これで一応西脇氏の疑問点について述べた。

「参考文献」
三浦光子「兄啄木の思い出」一九六四・一〇・理論社
堀合了輔「啄木の妻節子」昭・五六・六・洋洋社
阿部たつを「新編啄木と郁雨」昭・五一・一〇・洋洋社
井上信興「薄命の歌人」石川啄木小論集・平・一七・四・溪水社
三浦光子「兄啄木のことども」大・一三・四・一〇—一三・九州日日新聞

生活者としての啄木

啄木の文章には若年にして時に老成したものさえ感ずることもあるが、一方生活者としてみた場合、はなはだ未熟であったと言はねばならない。この評価に関しては現在まで全く変ることはない。

だが私は啄木の全てに好感を懐いていたのではなかった。普通作家を好きになるということは、その作品も人物も丸ごと好きになると思うが、私は少々違っていた。啄木の作品、短歌は無論のこと、評論、日記、書簡などは文句なく好感が持てた。しかし生活者としての啄木には失望したのである。彼には魅力のあったことは事実であろう。体格こそ貧弱ではあったが、ととのった容貌に品格を備え、優秀な頭脳と文才を持ち、巧みな話術を駆使したというから、初めて彼に接した人達は例外なく彼の虜になったであろうことは充分に察しがつく。女性ならばなお更のことであっただろう。こうした文学者啄木であれば、愛好者や研究者にしても、彼に対する態度は好意的なものになる傾向が強く、マイナス面には積極的な記述を避けるといった態度が見られ、触れる場合でも、「その時啄木はそうする以外にしかたがなかったのだ。」というように同情的な記述をよく目にする。だが、いい面もあれば悪い面もあるのが人間である。したがって、その人物の全体像に迫るとすれば、好悪両面を明らかにしなければならないのではないだろうか。つまりその人物の実像を明確にするということである。そうした観点から私はあえて、啄木の負の部分にメスを入れてみようと思った。これはなにも啄木のあらをえぐり出して彼を糾弾しようというのが目的ではない。前記したように、彼の実像を明らかにする上で必要な作業であろうと思うだけである。そうした行為が啄木愛好者や研究者からは決していい感情を持たれないであろうことは、充分承知した上でのことである。

一、詩集「あこがれ」発刊

啄木が詩集出版を目的として上京したのは、明治三十七年十月三十一日、弱冠十九歳の時であった。だがその時、出版社も決まっていなければ、資金の用意もなかった。上京さえすれば何とかなるだろう、といった安易な考えだったと思う。毎日のように有名な文学者や詩人のあいだを駆け巡って有力なコネを獲得するために奔走するが、全ては不調に終わったのである。中でも有名なのが、尾崎行雄東京市長を訪問したことである。面識もなければ紹介状さえ持たずに訪ねたにもかかわらず、多忙な市長がよく面接してくれたものだと思う。「ご用件は」という市長に啄木は、詩の原稿を見せて「これを世にとうてみたいと思うが、先生から何処か出版社に紹介して戴きたい」と頼んだが市長は、「一体勉強盛りの若い者がそんなものにばかり熱中しているのはよろしくない、もっと実用になることを勉強したがよかろう。という様な事を言って叱った。」(「啄木の嘲笑」国文学二十巻十三号)最後の頼みと当てにしていた市長も不調に終わり、お先真っ暗という状況にあった。

そうした時最後に思い出したのが、高等小学校時代の同級生、小田島真平であった。たしか彼の長兄小田島嘉兵衛は出版社に勤めていると聞いていたので、真平に相談してみた。真平は早速次兄尚三に協力方を依頼してくれた。次兄に相談したのは、当時小田島の実家と長兄は家庭の事情で絶縁していたので、真平はまず次兄に相談したのである。長兄と次兄のあいだには交際があったので、出版についての知識のない次兄尚三は出版社「大学堂」に勤務する長兄嘉兵衛に相談すると、「現時点での啄木の評価では出版は無理だが、資金を出すのなら出来ないこともない。一度本人に会って見たら」（人間啄木）という意見により、啄木の下宿を訪ねた。「少しほら吹きだという感じを受けたけれども、唯眼がとても澄んでいて美しいので詩人とはこういうものかと思った。」「結局私も啄木に魅せられてしまったわけでしょう。二百円ほどの貯金通帳を兄に渡して『あこがれ』を出すことになった。」（人間啄木）当時は日露戦争中であり、尚三は間もなく出征することになっていたので、戦地に行けば生死はもとよりわからぬ身であったから資金を提供する気になったのであろう。小田島三兄弟の協力がなければ、この時詩集「あこがれ」は絶対に世に出ることはなかったのである。それなのに啄木からは「ありがとう」という感謝の言葉は一言もなかったという。啄木のこれまでの行動や言語で感ずることは、きわめて非常識であると言うことである。「明星」誌で彼の詩が多少好評だったとしても、それは一部のことに過ぎず、全国的なものではない。そのような少年の詩を出してくれる出版社はまずない。ならば自費出版ということになるが、資金の準備は全くしていない。ほんらいなら彼は無駄な労力と金を使って帰宅するしかなかったのである。しかし幸運にも小田島尚三の資金援助で出版できたにもかかわらず、「ありがとう」の一言もなかったというのは、まず普通の神経ではない。当時の二百円というのは大金である。現在の二百万円ほどに相当するだろう。多分啄木にしてみれば、詩集の原稿を出版社に売って何がしかの金を手にしたいと考えていたのだと思う。詩集は出来たものの、手元に一銭の金も入らなかったのが不満でお礼を言う気にならなかったのではないだろうか。

二、土井晩翠事件

彼にはどうしてもまとまった金が必要であった。啄木の上京中に故郷では重大な事件が発生していた。父一禎和尚が宗費百十三円余を滞納したために住職罷免の処分を受けて寺を追われたのである。そのうえ帰宅すればすぐに恋人掘合節子との結婚式が控えていた。その世話を引き受けていた友人上野からは再三に渡って帰宅するように連絡が来ていた。しかし彼は帰宅しようとしなかった。上野は東京の友人にも連絡し啄木を早く返すように依頼した。仙台医専薬学部を受験する田沼甚八郎が仙台まで行くので、在京の友人達は彼に啄木の監視を兼ねて同行してもらうことにした。五月十九日二人は東京を後にし、翌朝仙台に着いた時、啄木は土井晩翠にどうしても会いたいからといって下車したのである。その目的は晩翠になにがしかの金を借りたかったのではないかと思われる。土井晩翠は当時第二高等学校（旧制）の教授であったがその日は会うことができず、仙台医専に在学していた中学の学友だった小林、猪狩の二人と会い、その夜は彼等の宿舎に泊めてもらった。翌日は日曜だったので、仙台在住の詩人吉野臥城を誘って晩翠宅を訪ねた。夫人手作りの料理やビールの接待を受け、啄木は後にその夜の様子を、「閑天地」という文章でおおよそ次のような内容を述べている。「晩翠は前年欧州から帰国したばかりで、現地で購入したラファエロの画集を見せたり、スイスの風景に感動した話しや、当時としては珍しい蓄音機で、啄木の希望によるワグナーの曲など数曲を聴かせてもらった」という。こうした歓待を受けては、流石の啄木も借金はついに言い出しかねたのであろう。

翌日二十二日の昼、田沼と医学生に見送られて仙台を発った。そのまま帰宅すれば何事もなかったのだが、そう単純には事が運ばないのが啄木である。田沼が東京に帰ってみると、結婚式の準備を進めていた上野から電報が入っていた。「啄木を早く帰せ」という催促である。田沼は唖然としたことであろう。啄木を汽車に乗せて発たせたのであるから、すでに帰宅していなければならない。しかし啄木の行動は奇怪なものであった。

彼は再び仙台に舞い戻っていたのである。そして大泉旅館に泊まり、例の医学生二人に会ったり、詩を作ったり、また地元の「東北新聞」に「わかば衣」という文章を投稿などして、悠々と日を送っていたのである。だが外見とは裏腹に彼は両親が寺を出され、収入の道が閉ざされたことにより、突然家族扶養の重責が彼の双肩にかかってきた現実におののき、思案に暮れていたのだ。こうなっては何とかして金を作るしかない。彼は最後の手段としてある考えを決行することにした。成功すればよし、失敗すればただでは済まぬことになる。そのシナリオは次のようなものであった。まず母親を重病人に仕立てて、幼い妹から母が危険な状況になったという手紙が届いた、という設定にしたのである。妹の手紙は無論啄木が、わら半紙にたどたどしいカタカナの鉛筆書きという念の入れ様で、文章力には自信を持つ彼だから晩翠夫人を感動させるほどの名文を作ることは造作もないことだった。その後の経過は晩翠夫人の文章に詳しい。「私が入浴中大泉旅館の番頭が持って来た手紙、その意はお母さんの病気が重いとの事でした。『今日届いた十歳になる妹の手紙を封入して置きますからご覧くだされて小生の意中をお察し下さい。旅費のないために私にとって大恩のある母の死に目に万一逢われぬとでもいうような事になれば実に千歳のきわみです。原稿料の来る迄十五円御立替え願い度い』という文面に夫人は全く疑いを持たず、手早く身支度をして十五円の金を用意し、人力車で旅館に啄木を訪ねた。だが彼の部屋の光景はまったく異様なものであった。母の病状を思い、部屋に独り沈んでいるであろう啄木の姿を想像していた夫人が見たものは、「二人の医学生と酒を飲んで真っ赤な顔をして、大声で面白そうに何か話していました。其時の啄木さんのきまり悪そうなろうばいした様子を見て不快におもいました。」夫人は金を渡して帰宅したが、それだけではすまなかった。翌日の夜、再び旅館の番頭が晩翠宅を訪れて、「今石川さんがお発ちになります。宿泊料はお宅でお支払い下さるとの事ですがよろしいですか、と言ってきました。」（相澤減七著「石川啄木と仙台」）で結局八円五十銭の宿泊料も晩翠家で支払ったのである。

啄木のこの一聯の言動を見るとき、母の病気も嘘なら、十歳の妹の手紙も嘘、原稿料の入る予定などもない。こうしたことはまともな人間のすることではない。ほとんど詐欺行為である。もし晩翠夫人が金を出す気がなかったら、啄木は旅館の支払いが出来ずに、確実に警察沙汰になっていただろう。たまたま相手が良かったから大事に至らなかったということである。彼は仙台に止まること十日に及び、帰宅の途についたのは五月二十九日で、翌三十日には節子との結婚式が予定されていた。晩翠夫妻にこれだけ迷惑をかけたにもかかわらず、帰途好摩駅から葉書を一枚出しただけで無論借金は踏み倒したのである。

三、前代未聞の結婚式

そのまま帰宅すれば式には充分間にあったが、彼は上野に便りを出した。「友よ友よ、生は猶生きてあり。二、三日中に行く、願くば心を休め玉へ。」この文面をみた上野は言葉を失ったことだろう。まるで馬鹿にされているようなものである。彼は渋民周辺で金策に奔走していたのであろう。啄木は六日後の六月四日平然として帰宅したのである。結婚式は新郎不在のまま三十日に挙行された。妹光子の回想によると、「肝心の婿さんの居ないままに披露式のようなものになってしまった。節子さんの家から布団や着物の届いたのや、ごちそうをこしらえたのを覚えています。」（兄啄木の思い出）一方新婦節子や、家族の状況は、上野によると、「当夜の節子さんの態度は実に落ち着いたもので、別段彼の不信を意に介しているようでもなく、それほど悲観しているようにも見えず、意外でした。矢張り確固たる自信があったのだと思われる。それに反して親たちはオロオロしていました。」（人間啄木）こうした前代未聞の結婚式になったのは、全て啄木の態度に起因するから、その前途に不安を懐く友人達は、節子の身を案じ、啄木との結婚を考え直したらどうか、と進言する者もあったが、節子の啄木に寄せる愛と信頼は厚く、「吾はあくまで愛の永遠性なると云ふ事を信じたく候。」と云ってその決意を示した。翌朝、父一禎は節子を伴って昨夜の礼に上野を訪れたが、上野は「依頼された責任は一応果たしたから、今後一切啄木との交際を断つことにする。」と告げ、絶交を宣言したのだが、彼の処置もまた当然であった。

こうして多くの人に迷惑をかけ、両親の立場や新婦節子の心情にまったく配慮していない彼の行動は万死に値するといってもいい。彼は後に、「二十歳の時、私の境遇には非常な変動が起こった。郷里に帰るという事と、結婚といふ事件と共に、何の財産なき一家の糊口の責任といふものが一時に私の上に落ちてきた。さうして私は、其変動に対して何の方針も定めることが出来なかつた。凡そ其後今日までに私の享けた苦痛といふのは、すべての空想家の責任に対する極度の卑怯者の当然一度は享けねばならぬ性質のものであった。」（弓町より）後には反省がみられるが、強烈な反骨精神を懐く反面、一般生活上にはかなりの弱点を抱えているのが啄木の実像といえよう。一般の人間の場合であれば、具合の悪い場合は結婚式を中止するであろうし、定収入がなければ、就職に努力するというのが普通の考え方であろう。だが啄木は現実から逃避する以外に対応が出来なかったのである。この事例などを見るとまるで子供並みで、とうてい結婚などする資格はない。

四、日本一の代用教員

節子夫人の父、掘合忠操や平野岩手郡視学の世話で就職した渋民小学校での遠藤校長排斥のストライキ事件がある。「校長は足りないところがある」などといった理由にもならないような理由で、純真な児童を煽動してストライキに巻き込むといった行為が教師として許されるものだろうか。「一国の将来を朴せんとすれば、先ずその国の少年を見るべし。」「其の少年の享けつつある教育を詮議すべきである。」「教育の真の目的は人間を作ることである」「知識を授けるなどは真の教育の小部分に過ぎぬ。」（林中書）これは啄木の教育論である。なかなか立派な主張であるが、私には言っていることと、しているることが乖離しているとしか思えない。児童を自己都合でストライキなどに巻き込むことが、人間を作るのに役に立つことなのだろうか。また「予は願わくば日本一の代用教員となって死にたいと思う。」とも書いているが、この「日本一の代用教員」という言葉は後に有名になりよく使われているから、自他ともに認められているようにも思われる。だが「日本一の代用教員になって死にたい。」という前に、このストライキ事件によって彼は在籍約一年で解雇された。当然の処分であったと言えよう。

失職して以後北海道流浪に旅立つのであるが、それは明治四十年五月、啄木二十二歳の春であった。最初の落ち着き先は函館であったが、ここでも友人吉野白村の世話で、この年六月同市の伝統校である弥生尋常高等小学校、(生徒数一、五〇〇名)に再び代用教員の職を得ることが出来た。だがここでの勤務にも問題を残したのである。啄木の記述によれば、「七月中旬より予は健康の不良と、ある不平とのために学校を休めり、休みても別に届は出さざりき。」(日記)啄木の生涯に渡って、経済的支援を惜しまなかった函館での友人宮崎郁雨は、啄木のいう「ある不平」について、「彼の教授法に関する提言が低劣で偏狭な同僚達によって不法に黙殺された。」(函館の砂)ということのようである。郁雨はこの件について、「彼の不平なるものは、畢竟片田舎の渋民小学校と函館の名門弥生小学校との格差を認識しない妄断に過ぎないとして、私は彼の態度を非難し、吉野君の友誼に反く彼の心情を追及した。」(同前)郁雨の指摘は最もなものである。無資格者でしかも新米の彼が、たとい提言が入れられなかったとしても、それを不満として欠勤するなどということは、普通の勤務者はしない。ここには彼の過信、ごう慢といった性格が見られる。つまりわがままなのである。

啄木は勤めを休むということに何らの痛痒も感じていなかったようである。これについては、渋民小学校でもあった。その頃彼は小説の執筆に専念していたが、「この十日許りの間、予は徹夜すること数回、」「それでも可成り学校にも出た。」(日記)というようなことで、勤務は二の次になっているのである。管理者校長は「あの人は体の弱いのと、原稿を書くために一週間と満足に欠勤しないで学校に出たことはありませんでした。非常に欠勤が多くて困りました。」(上田庄三郎著「石川啄木」)啄木を採用するために、教員資格を持つ教師を他に転勤させてまで、無資格者の啄木を採用した経緯があり、勤務状態の悪い啄木を採用したことに、校長としてはなんとも腹立たしくもあったことだろう。こうした状況を見ても啄木には、欠勤しても勤め先に迷惑がかかるといった意識ははなはだ希薄であったといえる。しかしこの代用教員の生活も決別する時がやってきた。彼が函館で暮らした約四ヶ月後の八月二十五日の夜発生した大火によって、札幌への流浪を余儀なくされたのである。

この大火は大きなもので、焼失家屋一万二千三百九十戸というから、市街の半分ほどは焼失したであろう。啄木がこの大火に遭遇してどのような感想を持ったのか、これも少々異常なものであった。「高きより之を見たる時、予は手を打ちて快哉を叫べりき。予の見たるは幾万人の家をやく残忍の火にあらずして、悲壮極まる革命の旗を翻へし、長さ一里の火の壁の上より函館を覆へる真黒の手なりき。」「かの夜、予は実に愉快なりき、愉快といふも言葉当らず。予は凡てを忘れてかの偉大なる火の前に叩頭せむとしたり、一家の危安豪も予が心にあらざりき、幾万円を投じたる大高楼の見る間に倒るるを見て、予は寸厘も哀惜の情起すなくして心の声のあらむ限りに快哉を絶呼したりき。」(日記)この記事は普通の人間からすれば、狂気の沙汰としか言いようが無い。家族を抱える身で、職を失うといった事態に至っていながら、この態度は尋常のものとは思えない。

五、新聞記者啄木

郁雨は弥生小学校の勤務状態があのようなことでは、続かないだろうと思ったのか、友人の斎藤大硯に頼んで彼が編集長をしている「函館日日新聞」の記者として入社させた。これが啄木の新聞記者としての最初である。しかし不運にも彼の職場は全て大火によって灰塵に帰した。もう函館に住む理由はなくなったことから、札幌の友人向井に履歴書を託し適当な就職先を探してもらうことにした。向井からの連絡は以外に早かった。札幌の「北門新報」の校正係りに口があるという。啄木は直ちに札幌行きを決めて、その日の日記に別離の情を綴っている。「今予はこの記念多き函館の地を去らんとするなり。別離という言ひがたき哀歓は予が胸の底に泉の如く湧き、今迄さほど心とめざりし事物は俄かに新しき色彩を帯びて予を留めんとす。しかれども予は将に去らむとするなり。」こうして函館を後に札幌へ向かったのは明治四十年九月十三日であった。「函館の灯火ようやく見えずなる時、言いしれぬ涙催しぬ」（日記）とも述べているが、大火の時の記述と合わせて読めば、とうてい同一人物の心情とは思えない。このギャップはどう考えたらいいのだろうか。啄木の心情というのはかなり複雑なものがあるようである。

彼は、札幌でただちに「北門新報」に入社したが、数日して小国露堂が訪ねてきての話に、「今度小樽に新しい『小樽日報』が創刊されるが、それに参加してはどうか」という。小樽には啄木の姉が嫁いだ山本千三郎家があり妻子も小樽に来ていたから、啄木にとっては願ったり叶ったりの話なので参加を即決したのである。野口雨情も参加を決めていた。啄木は就任当初には熱心に仕事に打ち込む。「朝より日の暮れる迄材料の来るに従って三百五十行位書くなり。」(日記)といった具合でなかなか熱心なのであるが、続かないという欠点を持っている。「小樽日報」の場合も例外ではなかった。しばらくして、小国露堂からまた「札幌に新しい新聞が発刊される」という情報を伝えてきた。啄木はやっと小樽で生活安定の場が得られたのであるから、そのまま落ち着けばいいと思うのだが、彼は札幌に出掛けて行ったのである。露堂とは話が弾んだのであろう、その日は彼の下宿に泊まり帰社しなかったことから事件が発生した。翌日夕方帰社して見ると、小林寅吉事務長が啄木の帰りを待ち構えていた。無届で勝手な行動をする啄木を許せなかったのだ。小林寅吉というのは、後に中野家の婿に入り、衆議院議員に当選して蛮勇をはせ「蛮寅」の名で広く知られた人物である。そうした小林であるから、啄木の姿を見るやいなや、たちまち暴力に及び、羽織の紐はちぎれ額に二つばかりコブもできた。相手の怒りに紅潮した顔がおかしいので、アハハと笑ってやったら、益々怒って突き飛ばしたという。啄木は身長一五八センチ四五キロという今では女性並みの小柄な男であったから、まったく抵抗は出来なかったが、もし彼が人並み以上の体格だったとしたら、反抗精神旺盛な彼だから、だまってやられっぱなしではなかっただろう。啄木はこの事件の後、沢田編集長を訪問して断然退社する意志を伝えた。

沢田は翌日書面をもって社長に小林事務長の暴行事件を報告し、迅速な処分方を要求したが、社長は何の反応も示さなかった。原因は啄木にあると思ったからであろう。啄木は帰社してすぐに謝罪すれば、事は済んだはずである。だが彼はなかなか謝罪することの出来ぬ男だったように思う。退社届を出し退社が決定したが、この月の給料は日割りで十六円六十銭、慰労金十円、内前借した十六円を差し引くと、手にしたのは十円六十銭でしかなかった。こうして年の瀬を迎えた啄木一家の苦悩は彼の日記に詳しい。「遂に大晦日の夜となれり。妻はただ一筋残れる帯を展じて一円五十銭を得来たれり。母と予の着物二、三点を以って三円を借る。之を少しづつ分かちて掛取りを帰すなり。さながら犬の子を集めてパンをやるに似たり。」啄木はともかく、妻や母の心中を思わずにはいられない。年末を控えて身勝手な行動で退社する事によってもたらされる後の生活がどうなるかを全く考えていない。まず普通の感覚でない事は確かである。そして私が不快に思うのは、負債に対する態度である。「さながら犬の子を集めてパンをやるに似たり」などと、お先真っ暗という事態にありながら、このふざけた態度はどうだろう、悲壮感といったものは全くないのである。

六、釧路での啄木

沢田編集長は、啄木の苦境打開のために、白石社長の兼務する「釧路新聞」への入社を交渉中であった。「啄木に行ってもらってもいいが、彼にも意見があるだろう。」社長の意向を啄木に伝えると、彼の意見は全く立場をわきまえぬものであった。自分の気にいっている奥村と、函館での友人吉野を入れること、また自分に総編集長をさせること、など六項目の条件を出したのである。社長は笑って、「どうも彼の意見書をみると、いろいろむっかしい条件があるので、考えているのだ。」と言う。沢田編集長が啄木を説得したのであろう。結局無条件で釧路行きが決定した。

妻子に見送られて小樽を発ったのは年の明けた明治四十一年一月十九日であった。旭川で白石社長と落ち合い、翌朝六時半の始発列車で最果ての町釧路を目指した。厳冬の釧路に到着したのが夜の九時半であったから、その間十五時間を要したことになる。「釧路新聞」の社屋はレンガ造りの新築で、当時としてはしゃれた建物で啄木も気に入ったようである。社には他に有能な記者もいないことから、実質的には編集の全てが彼にまかされた。早速「釧路詩壇」を設け、「雲間寸簡」と題して政治評論も書いた。少し慣れると、「紅筆だより」などという花柳界の艶っぽい記事まで書いている。例によってその最初はなかなか熱心に仕事に打ち込むのである。したがって従来の紙面に比べ活気に満ち、競争紙の「北東新報」を圧倒した。社員一同は社長の招待で、釧路第一の料亭「喜望楼」で宴会が持たれた。宴席に小新、小玉の芸者が呼ばれ、啄木が芸者というものに接したのはこれが最初であった。

啄木は小柄ではあるが今風に言えば、イケメンで話も面白いから、芸者衆にちやほらされたのであろう。翌月には八回も料亭に通っているのである。

火をしたふ虫のごとくに
ともし火の明るき家に
かよひ慣れにき

と当時を後に回想しているが、実感であろう。こうした柄にもない生活が彼に耐えられるはずはない。間もなく破綻を招くのは目に見えている。有名な小奴に初めて出会ったのは彼が釧路に来て、一ヶ月ほどたった頃であった。或る歓迎会が「喜望楼」であったがそこに小奴が出ていたのである。彼女とは後々まで親密な関係を続けた。

さて、ここで私が重視するのは負債である。月給二十五円の啄木が、こう度々芸者遊びにのめり込んでいたのでは資金が尽きるのは幾日もかかるまい。したがって小樽に残した家族への送金はとだえることになる。沢田事務長はその家族について、次のように述べている。「啄木が釧路に赴任するに当って、私に約束したことが二つあった。出来るだけ早く家族を釧路に呼び寄せること、月々の生活費として十円以上を送金すること。」啄木がこの約束を誠実に果たしていれば全く問題はなかったのだが、或る日沢田が留守宅を訪問してみると、「一枚の障子が取り払われて、表の風が吹き通しになっていた。（中略）ガランとした空家同然のところに、火桶を擁して親子三人が寒々と身を寄せ、厳冬の北風に吹き曝しになっている。一体これはどうした訳かと、挨拶も忘れて尋ねかけると、実は、金がこないために、今朝余儀なく道具屋に売り払ってしまったと老母堂が答える。夫人は下を向いて眼に一杯涙をためている。未だ二十二の若い夫人が、幾日も櫛を入れない油気の抜けた髪を額から頬にたらして、火鉢もない八畳間に七輪に僅かの炭火を起こして、京ちゃんを膝に抱えたまま、しょう然としていた。」（沢田信太郎著「啄木散華」）家族をこうした悲惨な状態に落しながら、啄木はその頃芸者遊びに明け暮れていたのである。彼にしてみれば、小樽には山本の姉夫婦や沢田編集長も居ることだし、困れば何とかしてもらえるだろう、といった安易な考えであったと思う。このケースを見ても啄木というのは如何に家族を大切に考えていなかったかがわかる。

生涯彼の身にまつわり付いていた負債はこの釧路でも当然増加の一途を辿った。遊興の資金に窮した啄木は例によって経済的援助者、郁雨からの引き出しを計画し、まず電報を打つことにした。「カホタテネバナラヌコトデキタ、デンカワセ五〇タノムイサイシメン、イシカワ」委細紙面は次のような文面である。競争紙「北東新報」について、「之を倒す必要あり、主筆は鉄道操業視察隊に加わりて途に上れり、僕はその不在中編集局の全権と、対北東運動とを委ねられたり。しかして兄よ、僕の運動功を奏し北東の記者横山、高橋、羽鳥の三人は今回同社を退職するに至れり。（中略）前記三人は前借其の他の関係より、断然社と関係を断つには五〇金を要する也。大至急要する也。僕は乃ち先刻の電報を打てり。主筆留守、事務長上京、外に道なき故なり、然れどもこの五〇金は社長の帰釧と同時になんとかなる金也。予はこれをば必ず長くせずして兄に返済すべしと信ず。願わくば我が顔を立たしめよ。」とある。

もしこの話が事実だとすれば、当然社が処理すべき問題であって、啄木個人がどうこうしなければならないような事ではない。「なんとかなる金」というのもおかしい。社命でしたのなら、当然社から出る金であろう。しかも緊急に処理しなければならないような事柄でもないから、事務長が帰社してからでもいい話であろう。だが郁雨は疑いをいだかず、翌日には電報為替で三十五円を送金し、二日後に残りの十五円を送った。啄木は金が入るとすぐに友人を連れて料亭へ二軒も行っている。翌日もまた友人と飲みに行くといった有様で、入金後の彼の行動を見れば、到底郁雨への手紙の内容は出鱈目なことがよくわかる。こうした生活態度であるから、負債はかなりの額に達していた。

啄木の死後発見された所謂「借金メモ」によれば、釧路での負債額は百四十五円となっているが、これに郁雨からの五十円と離釧時に小奴から五円借りているから、これらを加えると、丁度二百円にもなるのである。現在の貨幣価値にすれば二百万円ほどに相当する大金である。これが僅か釧路在住の二ヶ月半ほどに出来た負債である。到底尋常の手段で返済できる額ではなくなっていたのである。したがって彼は、どのようにしてこの負債を返済するかを考える前に、いかにしてこの借金地獄の釧路から密かに脱出するかを考える男であった。まず函館へ行くことに決めて船便を調べた。幸い宮古経由で函館へ行く酒田川丸があった。下宿には、家族の用件で函館に行ってくる。と告げ、勤務先には無断で逃げるつもりでいたが、同僚に「社にだけは知らせて行ったほうがいい、」と言われ、「家族に関する用、」とだけハガキに書いて出した。

こうした去り方は夜逃げ同然であろう。この去り方を見ても、高額の負債が原因であったことは明白だと思う。酒田川丸は明治四十一年四月五日朝七時半に出航し、一路函館を目指した。こうして七十六日間を過ごした町も彼の視界から消え、再び釧路に帰って来ることはなかった。この高額の負債はすべて踏み倒したのである。これまで述べた彼の生活実態は誰が考えても劣悪なものであろう。前に私が、「生活者としての啄木に失望した。」と書いた理由が納得されたことと思う。文学者としての名声と、最低の生活者は共に啄木の実像なのである。

（本文に記載した以外の参考文献はすべて省略させていただいた。）

あとがき

私は平成二年に「啄木断章」という啄木に関する四冊目の著書を出版しましたが、その「あとがき」で、その時すでに七十五歳という年齢になっていたことと、二、三の欠陥を抱える身でもあることから、「これが最後の本になることだろう。」と書いたのですが、その後、啄木の伝記「漂泊の人」を平成十三年に、そして昨年（平成十七年）「薄命の歌人・石川啄木小論集」を出版しました。十年前に「これが最後の本になることだろう」と書きながら以後二冊も出していて、嘘を言っているようで申訳ない気もするのですが、十年前に述べたことは、嘘偽りのない本音であり、それはこれまで、なにをするにも全力投球をして来たので、ここへ来て心身ともにかなりの疲労を感じていたのです。長年啄木に親しんできましたが、そろそろこのあたりで決別してもいいようにも思いました。その後、胆嚢結石、胆管炎の手術で入退院を繰り返し、その一年後には肺腫瘍の摘出手術を受けるといった有様で、体重は十キロ近くも落ちていました。そんなことで、暫く文筆から遠ざかっていたのですが、心身の調子が多少快復に向かうにつれ、幸い意欲が僅かながら残っていました。その意欲を頼りに、最後の仕事として、啄木の伝記「漂泊の人」を一年八ヶ月の苦闘の末に完成しました。その間、小文を新聞雑誌に書いたものが十五編ほどあり、そのまま捨て去るのも惜しまれて、昨春出版したのが「薄命の歌人・石川啄木小論集」でした、この時思ったことは、この調子では、なかなか啄木とは決別できない気がしてきたのです。それならばいっそのこと、意欲をもやして、体調と相談しながら、積極的に書くことに決め、これから書く論考は「啄木と大森浜と砂丘」の一篇を除き、すべて新聞雑誌などには発表しないことにして、必要量の原稿が出来次第直接出版することにしました。私は今年八十五歳という高齢であり、かつ、身体的不安を抱える身でもあり、長年啄木を書き続けてきたので、これから先、書けるとしても多くは望めないのではないかと思うようになったことから、この書のタイトルを、終章・「石川啄木」とすることとし、今度こそ「これが私にとって、最後の本になることだろう。」と書かせて頂くことにしました。

なお記述の中に、多少耳障りな発言があったと思いますが、老人のたわごとだとして聞き流してください。ここに収録した論考のうち、二、三について、遊座昭吾、桜井健治、天野仁、浅沼秀政、森義真、佐藤勝の諸氏から有益な資料の提供を頂きました。終わりに臨み厚くお礼を申し上げます。また、出版に際し、溪水社社長木村逸司氏にもお世話になり、記してお礼を申し上げます。

平成十八年五月

一景望舎にて

著　者

著者紹介

井上信興（いのうえ　のぶおき）

大正10年10月広島市生まれ。医師。
戦前啄木ゆかりの地である函館に居住し、盛岡で学生生活を送ったことから啄木に関心を持つようになる。
昭和30年頃から啄木研究を志し、以後文献に親しむ。
昭和57年以降小論を各種の新聞雑誌に発表して現在に至る。
国際啄木学会会員。関西啄木懇話会会員。
著書「啄木私記」　昭和62年８月（溪水社）
　　続「啄木私記」　平成２年２月（そうぶん社）
　　新編「啄木私記」　平成４年８月（そうぶん社）
　　「啄木断章」　平成８年５月（溪水社）
　　「漂泊の人」　平成13年１月（文芸書房）
　　「薄命の歌人・石川啄木小論集」　平成17年４月（溪水社）
　　「石川啄木事典」国際啄木学会編　平成17年９月（共著）（おうふう）

現住所　広島県廿日市市阿品３丁目10番１号（〒738-0054）

終章　石川啄木

平成18年６月26日　発行

著　者　井　上　信　興

発行者　木　村　逸　司

発行所　株式会社　溪　水　社
広島市中区小町１－４（〒730－0041）
電　話（082）246－7909／FAX（082）246－7876
E-mail:info@keisui.co.jp

ISBN4－87440－930－X　C 0092